Lina Miran

Deine Stille, mein Sturm

AF289159

LINA

MIRAN

DEINE STILLE,

MEIN STURM

Impressum

© *2025 Lina Miran*

Verlag: BoD · Books on Demand GmbH,

Überseering 33, 22297 Hamburg,

bod@bod.de

Druck: Libri Plureos GmbH,

Friedensallee 273, 22763 Hamburg

ISBN: 978-3-8192-2697-7

*Manche Stürme sind gefährlich. Manche
zerstören dich. Und manche bringen dich dorthin,
wo du immer schon hingehörtest.*

KAPITEL 1

April.

Die Luft roch nach Regen, Erde und neuem Leben.

Die Bäume schlugen aus, die Vögel sangen, und irgendwo dazwischen spürte ich es auch in mir: diese leise Aufbruchsstimmung, die jedes Jahr mit dem Frühling kam.

Ich zog das Fenster einen Spalt breit auf und ließ die kühle Luft herein.

Heute war mein erster Arbeitstag.

Neue Stelle. Neues Umfeld. Neue Chance.

Kaffee.

Alles, was ich denken konnte, war Kaffee.

Mit einem müden Fluch schlurfte ich durch die Küche, drückte auf den Startknopf meiner alten

Maschine und ließ meinen Kopf schwer gegen den Oberschrank fallen.

Mein Magen krampfte sich zusammen, aber ich zwang mich zu einem halbwegs optimistischen Lächeln, als der Duft von frischem Kaffee den Raum füllte. Musik musste her.

Ich schnappte mir mein Handy, scrollte zur R&B-Playlist, die ich immer anmachte, wenn ich nervös war. Sanfte Beats. Warme Stimmen.

Ein Rhythmus, der sich wie eine Umarmung um meinen aufgeregten Herzschlag legte.

Im Bad ließ ich das Wasser über meine Haut laufen, als könnte es die Anspannung wegspülen.

Dann zog ich mich an: eine schwarze Karottenhose, hochgeschnitten, die meine Taille betonte, und eine weiße, leicht taillierte Bluse, die an den richtigen Stellen eng saß. Elegant. Anziehend.

Genau die Mischung, die ich brauchte, um mich stark zu fühlen. Ich fuhr mir ein letztes Mal durch mein lange braunes Haar mit den dezenten

Highlights, sprühte einen Hauch meines Parfums auf – ein süßer, warmer Duft, in dem Jasmin die Hauptrolle spielte – und prüfte mich im Spiegel.

Nicht perfekt. Aber echt.

Mit meiner Lieblingstasche über der Schulter trat ich auf die Straße, wo mein kleiner Toyota Yaris in der Morgensonne auf mich wartete.

Türkisgrau, zerkratzt an der Beifahrerseite, aber ein treuer Begleiter. Der Motor schnurrte beim ersten Versuch.

Ich drehte die Musik auf – ein altes R&B-Lied, das mehr nach Herzschlag klang als nach Melodie – und fuhr los. Dem ersten Arbeitstag entgegen. Dem ersten Tag, an dem sich vielleicht alles verändern würde. Vielleicht.

Aber dieses Mal war ich bereit, es zuzulassen.

KAPITEL 2

Der Parkplatz war noch halb leer, als ich meinen Yaris einparkte.

Ich war pünktlich.

Wie immer.

Früher hatte ich mir damit Ärger erspart. Heute war es eher ein Schutz – lieber zehn Minuten zu früh als mit rasendem Puls in letzter Sekunde durch die Tür stolpern. Also saß ich noch einen Moment im Auto, atmete tief durch, ließ die Musik leiser werden und strich mir die Hände über die Oberschenkel, um das Kribbeln in meinen Fingern loszuwerden.

Okay, Alina.

Jetzt oder nie.

Ich schnappte mir meine Handtasche, schloss die Autotür mit einem leisen Klicken und trat auf den Parkplatz hinaus.

Der Asphalt war noch feucht vom leichten Nieselregen, der vor wenigen Minuten aufgehört hatte.

Meine weißen Air Force quietschten leise bei jedem Schritt, ein weiches Geräusch, das sich gegen die morgendliche Stille schob. Ich lief Richtung Eingang, den Blick auf das moderne Firmengebäude gerichtet: viel Glas, klare Linien, sachlich, aber freundlich.

Und dann… bewegte sich etwas in meinem Augenwinkel.

Ein Auto parkte ein paar Reihen vor mir ein – ein Mercedes C300 in einem tiefen Midnight Grau, der im diffusen Licht fast schwarz wirkte. Die Fahrertür öffnete sich. Für einen Moment war alles andere still.

Nur der leise Klang meiner eigenen Atmung, das entfernte Tropfen eines Wasserhahns irgendwo in der

Nähe, und er – als würde die Szene kurz in Zeitlupe ablaufen.

Er stieg aus.

Groß. Locker.

Dunkelblondes Haar, die Seiten kurz geschnitten, sauber in einen weichen Übergang gefadet, oben etwas länger, lässig nach hinten gestylt.

Schlichte dunkle Jeans, ein schwarzes T-Shirt unter einem offenen grauen Hemd.

Sein Gang war entspannt, selbstsicher, aber nicht überheblich.

Und dann sah ich seine Augen – ein Türkis, so intensiv, dass mir fast der Schritt stockte.

Er bemerkte mich genau in dem Moment.

Sein Blick war direkt, aber nicht aufdringlich.

Er lächelte.

Nicht dieses gezwungene Lächeln, das man Fremden schenkt. Sondern ein echtes, ruhiges Lächeln, als hätte er keinen Grund, sich zu verstellen.

Wir erreichten fast gleichzeitig die Eingangstür.

Er war eine Spur schneller, hielt die Tür locker auf und sah mich dabei an, als wäre es das Natürlichste auf der Welt.

„Neu hier?" fragte er, seine Stimme ruhig, warm.

Ich nickte und lächelte, obwohl mein Herz schneller schlug, als es sollte.

„Alina", stellte ich mich vor und reichte ihm meine Hand.

Seine Finger waren warm, sein Griff fest, aber nicht zu fest.

Er nahm sich einen winzigen Moment mehr Zeit, als nötig gewesen wäre – gerade genug, dass ich es bemerkte.

„Damian", sagte er, sein Name klang ruhig, fast weich auf seinen Lippen.

Er ließ meine Hand los, bedeutete mir, vorzugehen, ohne dass es irgendwie gestellt wirkte.

„Willkommen im Wahnsinn", meinte er trocken, und ich musste lachen, obwohl ich nicht sicher war, ob ich sollte.

Drinnen war es heller, als ich erwartet hatte: offene Büros, Glaswände, Pflanzen auf den Fensterbänken.

Der Geruch von frisch gemahlenem Kaffee und einem Hauch Reinigungsmittel hing in der Luft – sauber, aber nicht steril. Es wirkte… lebendig.

„In welcher Abteilung arbeitest du?" fragte Damian, während wir durch die Lobby liefen.

„Einkauf", antwortete ich und zwang mich, die Nervosität aus meiner Stimme zu halten.

Er nickte langsam, als hätte er es sich schon gedacht.

„Qualitätsmanagement. Gleich nebenan", fügte er hinzu.

Er würde… direkt in meiner Nähe sein.

Mein Herz machte einen kleinen Satz, und ich hasste, wie sehr ich das spürte.

Wir standen kurz unschlüssig in der Lobby, bis Damian leicht den Kopf neigte.

„Willst du, dass ich dich kurz zum Personalmanagement bringe?" fragte er.

Seine Stimme war freundlich, nicht aufdringlich, und ich war dankbar, dass er die Initiative übernahm.

„Gerne", sagte ich und lächelte ein wenig schüchtern.

Er bedeutete mir mit einer kleinen Bewegung zu folgen. Sein Gang war ruhig, aber bestimmt.

Kein Gehetze, kein peinliches Schweigen – einfach natürlich.

„Die Personalleitung übernimmt heute die Einführung", erklärte Damian, während wir durch einen Flur mit Glaswänden liefen.

„Danach bringen sie dich sicher direkt in den Einkauf."

Ich nickte. Mein Herzschlag hatte sich noch immer nicht ganz beruhigt.

„Wir sitzen alle auf derselben Etage", fügte er hinzu. „Einkauf, Vertrieb, Qualitätsmanagement und Projektmanagement. Alles schön kompakt."

Sein Ton war leicht sarkastisch, aber nicht böse.

„Klingt gemütlich", meinte ich, mehr, um irgendetwas zu sagen.

Er grinste.

„Sagen wir: Überschaubar."

Seine Stimme klang, als könnte er über all die kleinen Eigenheiten eines mittelständischen Unternehmens Geschichten erzählen.

Wir erreichten einen hellen Bereich mit einer Glastür, hinter der ein schlichtes Büro lag: Personalmanagement stand in silbernen Buchstaben an der Tür.

„Hier bist du richtig", sagte Damian und drehte sich kurz zu mir.

Sein Blick traf meinen, ruhig und offen.

„Falls du später Kaffee brauchst – die Küche ist gleich um die Ecke. Die Toiletten auch. Und wenn du mal zum Drucker musst…" – er deutete locker nach rechts – „…dann kommst du direkt an Qualitätsmanagement vorbei."

Ich musste lächeln.

Nicht nur, weil er nett war.

Sondern weil ich in diesem Moment zum ersten Mal wirklich glaubte, dass dieser Ort eine Chance für mich sein könnte.

„Danke, Damian", murmelte ich.

Er nickte nur, als wäre das alles selbstverständlich.

Dann ließ er mich vor der Tür stehen, wo die Empfangsdame mich schon erwartete, und verschwand in Richtung Flur. Ich beobachtete ihn noch einen Moment, wie er mit langen, ruhigen Schritten davonging.

Wie jemand, der seinen Platz in der Welt längst gefunden hatte.

Und ich fragte mich für einen winzigen Augenblick, ob ich auch meinen finden würde.

KAPITEL 3

Die Tür zum Personalmanagement öffnete sich noch, bevor ich anklopfen konnte. Eine Frau Mitte fünfzig mit freundlichen Augen und kurzem, blondiertem Haar trat mir entgegen.

„Alina, richtig?"

Ihre Stimme klang warm, einladend.

Ich nickte.

Ich mochte sie sofort. Es war die Art von Wärme, die nicht gespielt wirkte.

„Willkommen bei uns. Ich bin Frau Sommer, Personalleitung. Keine Sorge, wir nehmen heute alles ganz entspannt."

Sie zwinkerte mir zu und bedeutete mir, einzutreten.

Das Büro war schlicht eingerichtet: ein großer Schreibtisch, ein Sideboard voller Ordner und eine Kaffeemaschine, die verführerisch duftete.

Die ersten Minuten vergingen in einer Mischung aus Begrüßung, organisatorischem Smalltalk und einer kurzen Einführung ins Unternehmen.

Es fühlte sich leichter an, als ich gedacht hatte – fast so, als wäre ich schon länger Teil davon.

Nach etwa zwanzig Minuten stand Frau Sommer auf.

„Jetzt bringen wir dich erst mal in dein neues Reich", sagte sie und griff nach einer Mappe.

„Der Einkauf sitzt auf derselben Etage wie der Vertrieb, das Qualitätsmanagement und das Projektmanagement. Küche und Toiletten sind auf dem Gang – Kaffee wird hier sowieso der wichtigste Kollege."

Ich lächelte und folgte ihr durch die Flure. Das Klackern unserer Schritte hallte leise auf dem hellgrauen Linoleumboden wider. Hinter den verglasten Wänden summten Gespräche, Tastaturgeklapper, gedämpftes Lachen. Das Gebäude wirkte offen, freundlich – belebt, ohne hektisch zu sein.

Auf der Etage angekommen, zeigte sie mir erst den großen, offenen Bereich, wo mehrere Schreibtische in kleineren Gruppen zusammengestellt waren.

Ein paar Leute saßen schon an ihren Plätzen, tippten konzentriert oder telefonierten.

„Hier entlang", sagte Frau Sommer und führte mich nach rechts.

Wir passierten den Druckerbereich – ich erkannte den Flur, von dem Damian gesprochen hatte – und sie deutete auf ein helles Büro mit vier Schreibtischen.

„Dein Team: Einkauf."

Sie klopfte leicht gegen den Türrahmen. Vier Köpfe drehten sich zu uns um. Mein Magen zog sich kurz zusammen. Neue Gesichter. Neue Blicke. Neue Rollen. Zwei Männer, eine Frau. Und jetzt – ich.

„Darf ich vorstellen: Das ist Alina, eure neue Kollegin", sagte Frau Sommer.

Die erste, die sich erhob, war eine etwa dreißigjährige Frau mit langen dunklen Haaren, dezent geschminkt und mit einem offenen, aber zurückhaltenden Lächeln.

„Hi, ich bin Katrin", sagte sie leise und streckte mir schüchtern die Hand entgegen.

Ihre Stimme war sanft, beinahe ein wenig unsicher, aber auf eine angenehme, freundliche Art.

Neben ihr erhob sich ein großer, sportlicher Typ mit kurzen, dunklen Haaren und einem breiten Grinsen.

„Timo", stellte er sich locker vor und schob sich die Hände in die Hosentaschen.

Der dritte war ein schlanker Mann mit Brille, der etwas verlegen lächelte.

„Und ich bin Ben."

Seine Stimme war ruhig, und irgendetwas an seiner Art ließ mich denken, dass er der Nachdenkliche im Team war.

Ich schüttelte allen die Hand und versuchte, mir die Namen sofort einzuprägen. Vier Leute, zwei Frauen, zwei Männer – ausgeglichen. Vielleicht ein gutes Omen.

„Katrin wird dich heute ein bisschen einarbeiten", erklärte Frau Sommer. „Und wenn du Fragen hast – einfach fragen. Hier hilft wirklich jeder jedem."

Ich nickte dankbar.

Vielleicht, nur vielleicht, könnte ich mich hier wirklich wohlfühlen.

„Ich zeig dir mal deinen Platz", sagte Katrin und deutete auf einen freien Schreibtisch am Fenster. Ihre Stimme war leise, fast schüchtern, als müsste sie sich selbst erst daran erinnern, dass sie heute diejenige war, die mich einarbeiten sollte. Sie nestelte unbewusst an ihrem Ärmel, während sie sprach.

Ich folgte ihr quer durch den Raum, vorbei an Timo, der mir ein aufmunterndes Zwinkern schickte, und Ben, der sich wieder über seinen Laptop beugte.

Mein neuer Schreibtisch war ordentlich vorbereitet: ein Laptop, eine Dockingstation, ein kleines Namensschild mit „Alina Weber" darauf. Daneben stand eine kleine Pflanze, vermutlich eine Willkommensgeste.

„Hier sitzt du", murmelte Katrin und lächelte ein wenig unsicher.

„Und ähm... der Drucker ist draußen auf dem Flur. Küche ist gleich links davon. Kaffeemaschine funktioniert meistens."

Sie lachte leise, fast als würde sie sich dafür entschuldigen, überhaupt geredet zu haben. Ich musste schmunzeln. Katrin war liebenswert.

Aber ich ahnte, dass ich in diesem Team wohl diejenige sein würde, die öfter mal das Eis brechen musste.

„Klingt doch gut", sagte ich und ließ mich auf den Bürostuhl sinken. Der Bezug knarrte leise.

Katrin beobachtete mich kurz, dann zeigte sie auf die Ordner im Regal hinter mir.

„Hier ist alles, was du für den Anfang brauchst. Und... falls du Fragen hast oder irgendwas brauchst... also... du kannst mich jederzeit ansprechen."

Ich lächelte.

„Mach ich. Danke, Katrin."

Sie wirkte erleichtert – fast als hätte sie befürchtet, ich könnte ihr die Nervosität übelnehmen.

Ein Moment verstrich, dann fragte sie zaghaft:

„Willst du... ähm... vielleicht gleich einen Kaffee holen?"

Ich grinste innerlich.

Meine erste Amtshandlung. Warum nicht?

„Klar", sagte ich und stand wieder auf.

Die kleine Küche war überraschend gemütlich für ein Bürogebäude: ein paar hohe Tische mit Hockern, eine lange Arbeitszeile mit Kaffeemaschine, Wasserkocher und einem Kühlschrank, auf dem jemand einen kleinen Topf Basilikum platziert hatte.

Über der Spüle prangte ein Schild: „Bitte Tassen spülen – deine Kollegen werden es dir danken!"

Es roch nach Kaffee, nach Toast und irgendetwas Süßem – vielleicht Marmelade. Ein paar Mitarbeiter lehnten locker an den Tischen, unterhielten sich gedämpft. Die Stimmung war entspannt. Frühstückspause.

Katrin drückte mir einen Becher in die Hand und deutete auf die Kaffeemaschine.

„Die hier zickt manchmal. Wenn sie piept, einfach ignorieren."

Ich grinste, während ich den Startknopf drückte und das vertraute Gurgeln einsetzte.

Und dann…

öffnete sich die Tür erneut.

Ich spürte es, noch bevor ich ihn sah.

Diese kleine Veränderung in der Atmosphäre – als würde der Raum aufmerksamer werden.

Damian trat ein.

Er hielt einen dunklen Becher in der Hand, das Hemd locker über der Jeans, sein Haar lässig zurückgestrichen.

Er wirkte ruhig, konzentriert – irgendwie geerdet, als könne ihn so schnell nichts erschüttern.

Sein Blick streifte die Küche beiläufig –

und blieb für den Bruchteil einer Sekunde an mir hängen.

Nur einen winzigen Moment zu lang.

Gerade so lange, dass ich es bemerkte.

Ein angedeutetes Lächeln.

Nicht aufdringlich, nicht kalkuliert – einfach da.

Ich zwang mich, nicht zu starren, und griff nach meinem Kaffee, der genau in dem Moment zu dampfen begann.

„Guten Morgen", sagte Damian leise, mehr in den Raum hinein – aber etwas in seinem Tonfall ließ mich glauben, dass der Gruß vielleicht ein wenig mehr mir galt.

„Morgen", murmelte ich und hoffte, dass meine Stimme normal klang.

Katrin schenkte ihm ein kleines Lächeln, zog mich dann sanft am Ärmel Richtung Tür.

„Komm", flüsterte sie verschwörerisch. „Sonst stehen wir hier noch ewig im Weg."

Ich folgte ihr, den heißen Becher in der Hand.

Zurück an unserem Tisch setzte sich Katrin wieder auf ihren Platz und klappte ihren Laptop auf.

Ich tat es ihr gleich.

„Ich zeig dir mal die Programme", sagte sie ruhig.

Sie sprach konzentriert und erklärte mir die Grundlagen der Einkaufssoftware. Ich nickte, stellte Zwischenfragen, machte mir Notizen – aber ein kleiner Teil von mir hing immer noch in der Küche fest.

Nicht, weil ich mich Hals über Kopf verknallt hätte. Aber weil es selten war, dass jemand schon in den ersten Minuten eine solche Ruhe ausstrahlte.

Eine, die mich neugierig machte.

KAPITEL 4

Nach der Arbeit ließ ich mich erst einmal unter der heißen Dusche nieder, bis die Anspannung des Tages langsam aus meinen Muskeln verschwand.

Das warme Wasser rauschte über meine Haut, nahm die Aufregung mit, ließ nur Müdigkeit zurück.

Frisch geduscht schlüpfte ich in eine gemütliche Jogginghose und ein übergroßes Shirt, machte mir eine Kleinigkeit zu essen und ließ mich auf die Couch fallen. Während ich kaute, wanderte meine Hand wie ferngesteuert zum Handy.

Instagram.

Ich suchte seinen Namen.

Damian.

Mein Finger zögerte kurz über der Suchleiste. Vernunft sagte Nein, Neugier sagte Jetzt.

Ich scrollte ein bisschen, bis ich auf ein Profil stieß, das zu ihm passen könnte.

Privates Profil.

Natürlich.

Kein öffentlicher Einblick. Keine Hinweise auf Fotos, auf Urlaube, auf glückliche Pärchenbilder.

Nur ein schlichtes Profilbild, auf dem er seitlich in die Kamera sah – dieses entspannte, ruhige Lächeln, das ich heute Morgen schon erlebt hatte.

Etwas in mir entspannte sich bei diesem Anblick.

Er wirkte echt. Unaufgeregt. Kein zur Schau gestelltes Leben, keine inszenierte Perfektion.

Einfach... er.

In seiner Biografie stand nichts.

Kein „Vergeben", kein Herzchen, keine Initialen.

Aber das musste nichts heißen.

Manche Menschen trugen ihre Beziehungen nicht in die Welt hinaus. Manche versteckten sie bewusst.

Ich legte das Handy seufzend zur Seite, streckte mich auf der Couch aus und starrte an die Decke.

Mission: Herausfinden, ob Damian vergeben ist –
gestartet. Und möglicherweise auch: Komplett den
Verstand verlieren, wenn er wieder so lächeln würde
wie heute.

Der nächste Morgen begann wie jeder andere.

Nur dass ich mich heute ein bisschen schneller aus
dem Bett schälte. Vielleicht lag es daran, dass ich
pünktlich sein wollte. Vielleicht lag es auch daran,
dass ein ganz bestimmter Name immer wieder durch
meinen Kopf schlich. In der Firma stempelte ich mich
wie am Vortag mit meinem Chip ein. Ein leiser
Piepton bestätigte die Anmeldung. Als ich mich
umdrehte, prallte ich fast gegen eine breite Brust.

Mein Herz stolperte einen Schlag.

Damian stand direkt hinter mir.

Seine Augen waren klar und wach, sein Haar leicht
zerzaust, als hätte er im Auto das Fenster offen gehabt.

Er trug ein dunkelgraues Shirt und eine schwarze
Jeans – schlicht, aber an ihm wirkte es, als wäre es ein
Teil von etwas Größerem, etwas Echtem.

Ein langsames Lächeln breitete sich auf seinen Lippen aus.

Nicht gespielt. Nicht aufgesetzt.

Ein echtes Lächeln.

„Guten Morgen, Alina", sagte er freundlich.

Mir wurde sofort heiß.

Nicht dieses peinliche Erröten, das man nicht kontrollieren konnte – eher ein leises Flattern unter der Haut. Ein unwillkürliches Bewusstsein seiner Nähe.

„Guten Morgen", brachte ich heraus und hoffte, dass ich nicht aussah wie ein verliebter Teenager.

Er sah mich kurz an, als wolle er etwas abschätzen, dann fragte er:

„Und? Wie ist dein erster Eindruck von unserem Irrenhaus?"

Ich lachte leise und schob mir eine Strähne hinters Ohr.

„Arbeit ist halt Arbeit", sagte ich ehrlich. „Aber bisher sind alle echt freundlich. Mal sehen, wie lange das hält."

Damian lachte – ein echtes, tiefes Lachen, das fast ein bisschen rau klang.

Nicht laut, aber so, dass es sich anfühlte, als würde es auch die dunklen Ecken in einem Raum ein kleines Stück heller machen.

„Ich mag, dass du ehrlich bist", sagte er und zwinkerte mir zu.

Für einen Moment standen wir einfach nur da, mitten in der Eingangshalle, umgeben von Menschen, die an uns vorbeiliefen.

Aber irgendwie war es, als gäbe es nur ihn und mich.

Ich zwang mich, den Moment nicht zu groß werden zu lassen. Nicht alles sofort mit Bedeutung aufzuladen.

Er war nett. Warm.

Und verdammt attraktiv.

Mehr nicht. Noch **nicht.**

KAPITEL 5

Alina trat ins Freie und atmete tief ein. Endlich frische Luft. Der Vormittag im Büro hatte sich ewig hingezogen, und ihr Kopf war voll.

Sie hatte beschlossen, ihre Mittagspause für einen kleinen Spaziergang allein zu nutzen – ein paar Minuten Ruhe, um die Gedanken zu ordnen.

Als sie die Tür hinter sich zufallen ließ, blendete sie das helle Tageslicht. Ein leises Scharren auf dem Beton ließ sie aufblicken.

Gleich neben der Eingangstür stand Damian.

Er lehnte entspannt an der Wand, eine Zigarette zwischen zwei Fingern. Alina hätte nie erwartet, dass er Raucher war. In ihrer Vorstellung war er der Typ für Proteinshakes und Fitnessstudio – nicht für Nikotin und Raucherpausen.

Ein winziger Riss im perfekten Bild, dachte sie.

Und irgendwie machte ihn genau das greifbarer.

Ihr Blick glitt unwillkürlich über seine Hand.

Kein Ring.

Kein Zeichen einer Freundin.

Aber sie wusste auch: Das musste nichts heißen.

Damian bemerkte sie und hob leicht den Kopf. Ein entspanntes Lächeln schlich sich auf seine Lippen.

„Rauchst du etwa auch, Alina?" fragte er, die Zigarette zwischen den Fingern balancierend.

Alina schüttelte schnell den Kopf.

„Nein. Ich wollte nur spazieren gehen. Kopf frei kriegen."

Damian warf seine Zigarette zu Boden und trat sie mit dem Absatz aus. Ein letzter Rauchfaden stieg auf, bevor er sich endgültig verzog.

„Gute Idee", sagte er und blies den letzten Rest Rauch aus.

„Was dagegen, wenn ich mitlaufe?"

Etwas in seinem Ton war so locker, so natürlich, dass Alina nur kurz überrascht blinzelte, dann aber nickte.

„Klar", sagte sie und lächelte. „Frische Luft tut uns allen gut."

Sie liefen los, nebeneinander, den kleinen Weg entlang, der vom Parkplatz zum nahegelegenen Park führte. Alina merkte, wie ihr Körper einen winzigen Moment brauchte, um sich an seine Nähe zu gewöhnen.

Als würde ihr Herz beim Gehen einen halben Schritt hinterherhinken.

Ein paar Minuten lang sprachen sie über Belangloses – über das Wetter, die Arbeit, die ewig kaputte Kaffeemaschine im Pausenraum. Damian fragte sie, wie es ihr bisher gefiel, und Alina antwortete ehrlich.

Arbeit war eben Arbeit – aber die Menschen waren bisher wirklich freundlich.

Damian lachte, als sie das sagte – ein echtes, tiefes Lachen, das sich wie warme Wellen in ihr ausbreitete.

Kein lautes, aufgesetztes Lachen – sondern eines, das man spürte, weil es von irgendwo tief drinnen kam.

Als sie schließlich langsam den Rückweg antraten, drehte er sich kurz zu ihr.

„Weißt du", sagte er, seine Stimme leicht, aber nicht oberflächlich, „vielleicht hast du ja mal Lust, nach der Arbeit mit mir spazieren zu gehen. Ohne Rauch und Kantinenkaffee."

Er sagte es so entspannt, dass Alina keine Sekunde das Gefühl hatte, er würde sie in irgendeine Richtung drängen.

Es war einfach... nett.

Offen.

Echt.

Und es war, als hätte ihr Körper geantwortet, noch bevor ihr Kopf es geschafft hätte zu reagieren.

„Gerne", sagte sie und lächelte.

Damian zog sein Handy aus der Tasche und reichte es ihr, ohne große Worte.

Alinas Finger wollten ruhig bleiben.

Sie schafften es fast.

Mit einem leichten Zittern gab sie ihre Nummer ein und reichte ihm das Handy zurück.

„Ich meld mich", sagte er, steckte das Handy wieder ein und schenkte ihr ein weiteres dieser ruhigen, unaufgeregten Lächeln.

Gemeinsam gingen sie zurück zum Eingang, stempelten sich wieder ein und trennten sich dann – jeder ging in Richtung seines Büros.

Aber Alina hatte das Gefühl, dass dieser kleine Spaziergang mehr verändert hatte als jede Einführung, jede Mail, jeder Eintrag ins Firmennetzwerk.

Vielleicht war es nichts.

Vielleicht alles.

KAPITEL 6

Der restliche Arbeitstag verlief wie im Flug.

Ich hatte genug zu tun, um mich zumindest nach außen hin konzentriert zu geben – intern jedoch kreisten meine Gedanken unaufhörlich um ein bestimmtes Thema.

Oder besser gesagt: um eine bestimmte Person.

Damian.

Immer wieder erwischte ich mich dabei, wie ich in Richtung Flur lauschte, wenn draußen Schritte zu hören waren.

Jedes Mal, wenn jemand lachte oder sich unterhielt, spitzte ich automatisch die Ohren, in der absurden Hoffnung, seine Stimme herauszufiltern.

Zwischendurch zwang ich mich, auf den Bildschirm zu starren, Notizen zu machen, Aufgaben abzuarbeiten.

Aber immer wieder wanderte mein Blick Richtung Tür.

Als könnte allein die Erwartung ihn herbeirufen.

Gegen 16:45 Uhr war ich ehrlich erleichtert, als ich endlich meinen Laptop herunterfahren durfte.

Ich packte meine Sachen zusammen, verabschiedete mich von Katrin und dem Rest des Teams und machte mich auf den Heimweg.

Im Auto versuchte ich, die Gedanken an ihn abzuschütteln.

Ich fuhr bewusst langsam, starrte auf die Ampeln, den Verkehr, die graue Straße vor mir.

Rotlicht.

Verkehr.

Alles bloß keine Nachrichten.

Ich schob mein Handy demonstrativ in die Getränkehalterung, damit ich nicht dauernd draufstarrte.

Er hat gesagt, er meldet sich.

Aber vielleicht meinte er ja irgendwann. Vielleicht in drei Tagen. Vielleicht gar nicht.

Ich lachte leise über mich selbst.

Wie peinlich wäre es bitte, sich nach einem Spaziergang schon so viele Gedanken zu machen?

Zuhause angekommen schob ich den Schlüssel ins Schloss meiner Wohnungstür, trat ein und warf die Tasche achtlos in die Ecke.

Und genau in diesem Moment vibrierte mein Handy.

Ich erstarrte.

Blinzelte.

Hielt kurz den Atem an.

Mein Herz setzte aus. Nur für eine Sekunde.

Aber ich spürte es überall.

Langsam, fast feierlich, griff ich zum Handy.

Ein Blick aufs Display – und mein Herz machte einen kleinen Hüpfer. Neue Nachricht von: Damian Ich entsperrte das Handy und las:

Damian:

Hey Alina.
War schön heute.
Vielleicht hast du ja Lust, das bald zu wiederholen.
Dieses Mal ohne Soßenspuren – versprochen. [Smiley]

Ich starrte auf die Nachricht und musste unwillkürlich lachen.

Er hatte es leicht gemacht. Locker. Charmant.

Genau so, dass ich nicht in Panik verfallen musste – und trotzdem sofort antworten wollte.

Meine Finger flogen über die Tastatur:

Alina:

Deal.

Aber nur, wenn du aufhörst, mich so intensiv zu mustern,
dass ich nervös werde.

Kaum hatte ich abgeschickt, zuckte ich zusammen.

War das zu frech? Zu direkt?

Doch nur wenige Sekunden später kam schon die
Antwort:

Damian:

Keine Chance.
Du solltest dich besser dran gewöhnen.

Ich biss mir auf die Unterlippe, ein breites Grinsen
breitete sich auf meinem Gesicht aus.

Damian nahm mir jede Unsicherheit, ohne dass ich
es überhaupt merken musste.

Er war unkompliziert.

Echt.

Und vielleicht – nur vielleicht – war es gefährlich leicht, ihn zu mögen.

KAPITEL 7

Ich stand ewig vor meinem Kleiderschrank.

Schließlich entschied ich mich für eine schlichte Jeans, ein schwarzes Crop-Top und einen lockeren beigen Blazer darüber.

Nicht zu aufgetakelt, nicht zu lässig – genau die Mitte, die mir ein gutes Gefühl gab.

Ein letzter Blick in den Spiegel.

Meine Haare fielen in sanften Wellen über meine Schultern, ein Hauch süßlicher Jasmin-Duft lag in der Luft.

Ich lächelte flüchtig.

Passt.

Auf dem Parkplatz vor der Firma wartete Damian schon.

Er lehnte lässig an seinem Auto, die Hände in den Taschen, und sah auf, als er mich kommen hörte.

Für einen Moment wurde die Welt ein kleines bisschen stiller, als würde sie kurz den Atem anhalten.

Er trug eine dunkle Jeans, ein schlichtes weißes T-Shirt und eine leichte graue Jacke darüber.

Sein Look war mühelos – aber genau dieses Mühelose machte ihn so… faszinierend.

Als ich näher kam, nahm ich seinen Duft wahr.

Ein Hauch von grünem Apfel, gemischt mit frischen Kräutern und einer rauchigen Note von Tannenbalsam.

Er war wie er selbst – frisch, lebendig, ein wenig wild und trotzdem ruhig.

Sein Duft vermischte sich mit meinem Jasmin in der Luft, und ich hatte das seltsame Gefühl, dass unsere Welten auf eine Weise zusammenpassten, die keiner von uns geplant hatte.

„Bereit?" fragte er mit diesem leichten Lächeln, das in seinen Augen tiefer war als auf seinen Lippen.

„Mehr oder weniger", sagte ich und lachte leise.

Wir liefen los, Richtung Park.

Die Sonne stand tief, warf langgezogene Schatten über den Asphalt.

Es war angenehm warm, ohne drückend zu sein.

„Wie läuft's im Einkauf?", fragte Damian nach einer Weile.

Seine Stimme war ruhig, ehrlich interessiert.

Ich zuckte leicht mit den Schultern.

„Geht so. Ich werde noch eingearbeitet... und nebenbei kriege ich schon mit, dass alle wegen dem Audit nächste Woche ein bisschen am Rad drehen."

Er grinste schief.

„Willkommen im Club. Qualitätsmanagement wird bei so was ja sowieso immer halb wahnsinnig."

Ich lachte.

„Hab ich gemerkt. Alle rennen plötzlich hektisch durch die Gegend. Und ich stehe da und frage mich, ob ich mich überhaupt schon wahnsinnig machen lassen darf."

Damian nickte, ein Anflug von Amüsement um seine Mundwinkel.

„Du darfst. Gehört dazu."

Ein Moment Stille entstand.

Aber es war keine unangenehme Stille.

Es war diese Art von Stille, die man mit Menschen teilt, bei denen man nicht das Bedürfnis hat, sie zwanghaft zu füllen.

Als würde sie etwas Heilsames zwischen uns spannen.

Wir erreichten einen kleinen Weg, der sich unter Bäumen entlangschlängelte.

Die Blätter rauschten leise im Wind, irgendwo zwitscherte ein Vogel.

Ich schob mir eine Strähne hinters Ohr und atmete tief durch.

Es fühlte sich... leicht an.

Echt.

Damian lief neben mir, die Hände locker in den Jackentaschen.

Ab und zu streiften sich unsere Arme, wenn wir gleichzeitig einen Schritt machten – kleine, unschuldige Berührungen, die dennoch ein Kribbeln hinterließen.

Jede flüchtige Berührung ließ eine Spur zurück, zart und doch spürbar.

Er stellte mir keine unnötigen Fragen, keine Spielchen, keine plumpen Andeutungen.

Es war einfach ein Spaziergang.

Und doch schwang in der Luft etwas mit, das mehr versprach.

Nach einer Weile blieben wir an einer kleinen Bank stehen, direkt unter einer alten Kastanie.

Damian lehnte sich locker dagegen, verschränkte die Arme vor der Brust und sah mich an.

Sein Blick war ruhig, offen, warm.

Kein Druck. Keine Erwartungen.

Nur diese unausgesprochene Frage:

Willst du bleiben?

Willst du diesen Moment auch?

Ich nickte kaum merklich und ließ mich neben ihn auf die Bank sinken.

Wir redeten weiter. Über Musik, Serien, kleine Alltagsträume. Nicht über Vergangenes.

Nicht über Wunden. Nur über das Jetzt.

Irgendwann sah er mich einfach nur an.

Lange genug, dass ich spürte, wie mein Herzschlag sich veränderte.

Lange genug, dass ich wusste: Hier passiert gerade etwas. Etwas, das tiefer ging als Worte.

Damian sagte nichts.

Und das war das Beeindruckendste daran.

Er musste nichts sagen.

Ich spürte den Impuls, einfach noch länger zu bleiben.

Vielleicht für immer auf dieser Bank zu sitzen, einfach nur hier, einfach nur mit ihm.

Aber ich wusste auch, dass solche Momente kostbar waren, weil sie nicht ewig dauerten.

Als wir später zurück zum Parkplatz liefen, schob er die Hände tief in seine Jackentaschen und drehte leicht den Kopf zu mir.

„War schön", sagte er leise.

Dann, fast beiläufig, aber so, dass ich es nicht überhören konnte:

„Ich hoffe, das wiederholen wir."

Ich lächelte, ein warmes, echtes Lächeln, das sich einfach nicht unterdrücken ließ.

„Sehr gerne", sagte ich.

Damian hielt mir die Tür zu meinem Auto auf, verabschiedete sich mit einem leichten Nicken – und ging dann zu seinem eigenen Wagen.

Ich setzte mich, ließ die Tür noch offen und atmete tief ein.

Mein Herz schlug ruhig.

Mein Bauch kribbelte leise.

Und vielleicht – ganz vielleicht – begann hier etwas.

Etwas, das leise kam.

Und genau deshalb bleiben könnte.

KAPITEL 8

Der Spaziergang war wie immer entspannt verlaufen.

Damian und ich hatten über Gott und die Welt geredet, zwischendurch gelacht, kleine Neckereien ausgetauscht.

Es war diese Art von Abend, an dem man gar nicht merkte, wie schnell die Zeit verging.

Als wir langsam wieder Richtung Parkplatz liefen, standen wir gerade in der Nähe seines Autos, als ich die ersten Tropfen spürte.

Ein leises Prasseln auf Metall.

Dann mehr.

Und plötzlich setzte der Regen richtig ein.

Damian reagierte sofort.

„Komm, schnell rein", sagte er und öffnete die Beifahrertür seines Wagens.

Ich zögerte keinen Moment, stieg ein und schloss die Tür hinter mir, während draußen der Regen auf das Autodach trommelte.

Drinnen im Auto war es warm und still, während draußen der Regen die Welt in ein sanftes Rauschen tauchte.

Nur unser Atem und das Trommeln der Tropfen erfüllten den Raum.

Damian startete den Motor, sah mich kurz an.

„Willst du schon nach Hause?" fragte er, seine Stimme locker, als wäre alles eine Option, nichts ein Muss.

Ich sah auf die Uhr. Kurz vor acht.

Eigentlich war der Abend noch jung.

Und ich hatte nichts weiter vor.

Ein Gedanke rief viel zu schnell *Ja*.

Aber ich zwang mich, gelassen zu bleiben.

„Ich bin offen", sagte ich und zuckte leicht die Schultern. „Hatte nichts geplant."

Ein kurzes, kaum sichtbares Lächeln huschte über seine Lippen.

Ohne ein weiteres Wort fuhr er los.

Ich beobachtete ihn aus dem Augenwinkel.

Sein Blick war auf die Straße gerichtet, ruhig und konzentriert.

Der Regen schlug in dichten Schleiern gegen die Windschutzscheibe, und die Welt draußen wirkte verschwommen, fast wie eine andere Realität.

Damian steuerte auf das Stadtzentrum zu und parkte schließlich vor einem kleinen Kino.

Er drehte sich leicht zu mir.

„Noch Lust auf einen Film?" fragte er, die Stimme so beiläufig, als wäre es das Normalste auf der Welt.

Ich lächelte. „Klar."

Wir sprangen durch den Regen ins Foyer, wo der Duft von Popcorn in der Luft hing. Leider hatten wir Pech.

Alle Filme waren schon angelaufen oder standen kurz vor Schluss.

Damian runzelte leicht die Stirn, dann sah er mich an.

Ich zögerte keine Sekunde.

„Wir könnten auch bei mir oder bei dir einen Film schauen", schlug ich vor, überraschte mich selbst mit meiner eigenen Initiative.

Seine Mundwinkel zuckten amüsiert nach oben.

Ich sah, dass ihm gefiel, dass ich den nächsten Schritt machte.

„Bei dir", sagte er ruhig.

„Ich denke, du fühlst dich wohler in deinen eigenen vier Wänden."

Mein Herz machte einen kleinen Sprung.

Nicht aus Nervosität.

Aus Vorfreude.

Vielleicht wollte ich einfach nicht, dass dieser Abend schon endete.

Wir liefen zurück zu seinem Wagen, lachten über den immer stärker werdenden Regen, der uns trotzdem erwischte.

Bei mir angekommen, schloss ich die Tür auf und trat ein. Meine Wohnung war aufgeräumt, aber nicht klinisch steril – eine Mischung aus Vintage-Möbeln, weichen Decken und hellen Holzböden.

Warm.

Einladend.

Ich hoffte nur, dass er sich in meiner kleinen Welt wohlfühlte.

„Mach's dir bequem", sagte ich und ließ ihn kurz allein, während ich in die Küche ging.

„Magst du was trinken?" rief ich über die Schulter.

„Nur ein Glas Wasser, bitte", kam seine Stimme zurück.

Ich brachte ihm das Glas und ließ mich neben ihn auf das Sofa sinken.

Er nahm die Fernbedienung, reichte sie mir aber sofort.

„Deine Wohnung, dein Film", sagte er mit einem leichten Grinsen.

Ich scrollte durch die Auswahl und blieb bei Bad Boys 3 hängen – ein Action-Comedy-Film, den ich schon lange mal wieder sehen wollte.

„Wie wär's damit?" fragte ich.

Damian nickte sofort.

„Perfekt."

Während der Vorspann lief, lehnte ich mich zurück, zog eine Decke über meine Beine und spürte die angenehme Wärme, die von seiner Nähe ausging.

Sein Knie berührte fast meins.

Und ich dachte keinen Moment daran, Abstand zu halten.

Ich hatte keine Ahnung, wie der Abend enden würde.

Aber in diesem Moment war es einfach nur gut.

So einfach.

So richtig.

Vielleicht war genau das der Anfang, den ich nie erwartet hatte.

KAPITEL 9

Der Film lief.

Irgendwo im Hintergrund.

Doch ehrlich gesagt bekam ich kaum noch etwas davon mit.

Damian saß neben mir auf dem Sofa, eine Armlänge entfernt, und doch schien die Luft zwischen uns aufgeladen zu sein, als könnte eine einzige falsche Bewegung alles zum Überschäumen bringen.

Wir lachten an denselben Stellen, kommentierten kleine Details, und irgendwann – ich wusste nicht genau, wann – berührten sich unsere Knie.

Erst ganz leicht.

Ein Streifen, kaum spürbar.

Es war, als hätte mein Körper seine Nähe längst gesucht, bevor ich es selbst bemerkte.

Als ich mich leicht zurücklehnte, um eine bequeme Position zu finden, blieb meine Seite an seiner haften.

Wärme strahlte von ihm aus, sanft, unaufdringlich – aber sie ließ meinen Puls schneller schlagen.

Damian schien es nicht zu stören.

Im Gegenteil.

Sein Arm lag locker auf der Sofalehne, fast so, als könnte er mich jeden Moment umfassen.

Ein besonders lustiger Moment im Film brachte uns beide gleichzeitig zum Lachen.

Ich lehnte mich unwillkürlich ein Stück näher an ihn.

Eine natürliche Bewegung, keine Absicht.

Und doch fühlte es sich an, als hätte ich damit eine Grenze überschritten.

Als ich aufsah, begegnete ich seinem Blick.

Sein Gesicht war nur Zentimeter von meinem entfernt.

Ich konnte die feinen Bartstoppeln an seinem Kinn sehen, den kleinen goldenen Schimmer in seinen türkisblauen Augen.

Ich spürte seinen Atem auf meiner Haut.

Alles in mir spannte sich an.

Für einen Sekundenbruchteil herrschte völlige Stille – kein Film, kein Regen draußen, nur unser gemeinsamer Herzschlag, der die Welt zu füllen schien.

Ich wollte diese Stille, dieses Warten, für immer festhalten.

Und dann…

beugte Damian sich vor.

Langsam.

Beherrscht.

Als gäbe er mir jede Möglichkeit, zurückzuweichen.

Ich tat es nicht.

Seine Lippen berührten meine.

Erst ganz leicht, eine zarte Erkundung, ein sanftes Fragen.

Doch kaum dass unsere Münder sich fanden, vertiefte sich der Kuss – hungrig, verlangend, als hätte sich zwischen uns eine Spannung aufgestaut, die sich nicht länger bändigen ließ.

Es war nicht nur ein Kuss.

Es war ein Einbruch in alles, was ich bis jetzt für sicher gehalten hatte.

Ich erwiderte den Kuss, ohne nachzudenken, ließ mich fallen in dieses Gefühl, das mich wie eine Flutwelle überrollte.

Meine Hand fand seinen Nacken, zog ihn näher, während seine Hand über meine Taille glitt, die feinen Linien meines Körpers nachzeichnete.

Sein Griff war sicher, aber nicht grob.

Er forderte, ohne zu nehmen, führte, ohne zu zwingen.

Ich verlor mich in seinem Geschmack – einer Mischung aus frischer Minze und etwas Tieferem, Dunklerem, das mich völlig betäubte.

Meine Finger verkrallten sich in den Stoff seiner Jacke, als würde ich sonst den Halt verlieren.

Damian stöhnte leise in den Kuss, ein raues, unterdrücktes Geräusch, das direkt in meinem Bauch vibrierte.

Seine Hand wanderte weiter, streifte meinen Rücken, meine Hüfte, zog mich enger an ihn, als könne nicht genug Nähe zwischen uns bestehen.

Ich spürte die Härte seines Körpers, die Anspannung unter seiner ruhigen Oberfläche.

Mein Herz raste.

Meine Haut brannte unter seinen Berührungen.

Gerade als ich dachte, ich würde mich völlig in ihm verlieren, löste Damian sich abrupt von mir.

Sein Atem ging schnell, seine Stirn ruhte schwer gegen meine.

Seine Finger ruhten noch immer auf meiner Taille, als hätte er Angst, den Kontakt zu verlieren.

Ein Moment blieb er so.

Unsere Körper berührten sich noch immer, unsere Herzen schlugen wie im Gleichklang.

Dann flüsterte er rau, kaum hörbar:

„Das war längst überfällig."

Ich schloss die Augen, lächelte gegen seine Stirn und atmete seinen Duft tief ein – diesen Mix aus frischem Apfel, Kräutern und der dunklen Wärme seiner Haut.

Und ich wusste:

Das hier war nicht einfach nur ein Kuss.

Das war ein Versprechen.

Ein Anfang.

Und ich wollte mehr.

Vielleicht war es erst der Anfang von etwas, das ich noch nicht einmal zu träumen gewagt hatte.

KAPITEL 10

Nach dem Kuss, nach diesem Moment, der die Luft zwischen uns für immer verändert hatte, lehnte Damian sich zurück.

Er zog mich behutsam an sich heran, legte einen Arm um mich und ließ mich gegen seine Seite sinken.

Keine Worte.

Kein Druck.

Nur diese stille, warme Nähe, die mehr sagte als jede Erklärung es je könnte.

Wir sahen den Film zu Ende, lachten an denselben Stellen, kommentierten kleine Details, und ich merkte, wie sich etwas in mir löste.

Wie die Nervosität wich und ein Gefühl von… Frieden blieb.

Es war keine Aufregung mehr – nur diese leise Sicherheit, dass ich hier genau richtig war.

Als der Abspann lief und das Licht der Straßenlaternen weiche Muster auf die Wände warf, streckte Damian sich leicht und warf einen Blick auf seine Uhr.

„Schon elf", sagte er mit einem schiefen Grinsen.

Er ließ es klingen, als wäre es nichts weiter als eine beiläufige Bemerkung.

Keine Entschuldigung, kein Vorwurf.

„Ich mach mich dann mal auf den Weg", fügte er hinzu und strich sich durch die Haare.

„Morgen sehen wir uns ja eh wieder im Büro."

Ein winziger Teil von mir wollte ihn bitten zu bleiben.

Aber ich tat es nicht.

Ich nickte und stand ebenfalls auf, streckte mich kurz und gähnte, bevor ich ihn zur Tür begleitete.

Damian schlüpfte in seine Jacke, dann drehte er sich noch einmal zu mir um.

„Du hast echt einen guten Filmgeschmack", sagte er mit diesem leichten, spöttischen Lächeln, das seine Worte trotzdem ernst wirken ließ.

„Und deine Wohnung… gefällt mir. Sehr gemütlich. Irgendwie… echt."

Ich spürte, wie meine Wangen warm wurden.

Nicht vor Verlegenheit.

Vor diesem Gefühl, wirklich gesehen zu werden.

Er war aufmerksam, ohne dass es aufgesetzt wirkte.

Er nahm Dinge wahr, die andere oft übersahen.

Als ich die Tür öffnete, zögerte Damian kurz, trat dann einen Schritt näher.

Bevor ich etwas sagen konnte, schloss er die letzten Zentimeter zwischen uns, legte eine Hand leicht an meinen Rücken und zog mich sanft in seine Arme.

Kein flüchtiges Umarmen.

Keine halbherzige Geste.

Es war eine echte Umarmung.

Warm.

Ehrlich.

Und genau richtig.

Er roch nach Wärme und dem sanften Hauch seines Parfums, der noch zwischen uns hing.

Etwas Vertrautes, das sich wie eine stille Erinnerung anfühlte.

Bevor er sich löste, drückte er einen Kuss auf meine Stirn. Leicht. Behutsam.

Fast ehrfürchtig.

Kein weiteres Wort.

Kein unausgesprochener Anspruch.

Nur die stille Anerkennung dessen, was zwischen uns zu wachsen begann.

Noch locker.

Noch offen.

Kein Kuss, der etwas verlangte.

Nur einer, der etwas versprach.

Ich blieb einen Moment länger in der Tür stehen, sah ihm nach, wie er in der regennassen Dunkelheit verschwand.

Mein Herz klopfte ruhig.

Nicht wild.

Nicht ängstlich.

Nur ruhig.

Und erfüllt.

Vielleicht war es genau das, was echte Nähe ausmachte:

Kein Drama.

Keine Angst.

Nur zwei Menschen, die ein Stück gemeinsam gingen.

KAPITEL 11

Der nächste Morgen begann wie jeder andere.

Ich parkte meinen Yaris auf dem Firmenparkplatz, schulterte meine Tasche und lief durch den noch leicht feuchten Hof in Richtung Eingang.

Die Luft war kühl, roch nach Regen und neuen Möglichkeiten.

Alles war gleich.

Und doch… war alles anders.

Ich fühlte mich wie jemand, der ein kostbares Geheimnis bei sich trug.

Etwas, das niemand sehen konnte, aber in jedem meiner Schritte mitschwang.

Als ich mich einstempelte und Richtung Büro lief, spürte ich ihn, noch bevor ich ihn sah.

Damian.

Er stand ein paar Meter entfernt, unterhielt sich mit einem Kollegen aus dem Projektmanagement.

Locker, lässig.

Sein Lachen hallte kurz durch die Flure, und mir wurde sofort warm, obwohl es draußen kühl war.

Er sah mich im selben Moment, als ich ihn bemerkte.

Nur ein kurzer Blick.

Aber der traf mich mit voller Wucht.

Dieser Blick war kein Gruß.

Es war ein stilles Erinnern.

Ein unausgesprochenes Wissen über das, was zwischen uns passiert war – und das, was unausweichlich vor uns lag.

Ich zwang mich, normal zu reagieren, ging mit neutraler Miene an ihm vorbei, ein höfliches, kleines Nicken, das wohl jeder im Flur als normalen Gruß verstanden hätte.

Aber wir wussten es besser.

Katrin wartete schon an meinem Platz, wedelte mit einem Stapel Unterlagen.

„Morgen! Heute wird's stressig. Audit-Feinschliff."

Ich nickte, zwang mich zum Lächeln.

Arbeit. Konzentration. Alltag.

Ich versuchte, den Fokus auf Zahlen und Mails zu richten.

Auf Excel-Tabellen, Angebote, E-Mails.

Aber mein Kopf kannte längst seine eigene Agenda.

Und alles in ihr trug seinen Namen.

Manchmal sah ich Damian draußen im Flur vorbeigehen, Gespräche führend, in Akten vertieft.

Manchmal hörte ich sein Lachen aus der Kaffeeküche.

Und jedes Mal zog sich ein feines Kribbeln durch meinen Körper, wie ein elektrischer Impuls, der nur für mich bestimmt war.

Gegen Mittag stand ich in der Küche, füllte mir Kaffee nach, als ich plötzlich seine Präsenz hinter mir spürte.

So nah, dass ich seine Körperwärme spüren konnte, ohne dass er mich berührte.

Ich spürte die Wärme seines Körpers, als würde sie durch die Luft zu mir strömen.

Eine stille Berührung, die keiner von uns aussprach.

Ich drehte mich leicht um – und da war er.

Damian.

Locker, entspannt, mit diesem kleinen, schiefen Lächeln, das alles in mir zum Tanzen brachte.

„Guter Morgen bisher?" fragte er leise.

Seine Stimme war tief, kaum mehr als ein Flüstern zwischen den klirrenden Tassen und dem Summen der Kaffeemaschine.

Ich hob mein Kaffeebecher leicht an.

„Überlebt. Noch."

Er grinste, und ich spürte, wie mein Herz einen Schlag aussetzte.

Kein Kuss.

Keine Berührung.

Nicht einmal eine flüchtige Handbewegung.

Nur dieser Moment.

Nur wir.

Nur alles.

Als ich mit meinem Kaffee zurück zum Platz ging, spürte ich seinen Blick noch lange auf meinem Rücken.

Ein Gewicht, das nichts drückte, sondern trug.

Und ich wusste:

Wir spielten ein Spiel, das wir beide längst verloren hatten.

Vielleicht wollten wir beide einfach noch einen Moment länger in dieser leisen Ungewissheit verweilen.

KAPITEL 12

Der Tag hatte mich ausgesaugt.

Audits, Besprechungen, endlose To-do-Listen – ich fühlte mich, als wäre ich einmal durch eine Waschmaschine gedreht worden.

Alles in mir sehnte sich nach einer Pause.

Nach einem Moment, der nicht von Terminen diktiert war.

Jetzt saß ich in Jogginghose auf meinem Sofa, ein Glas Rotwein in der Hand, und starrte auf mein Handy.

Nichts.

Keine neuen Nachrichten.

Kein Damian.

Ich zuckte mit den Schultern, ließ das Handy neben mir liegen und nippte an meinem Wein.

Vielleicht war es besser so.

Vielleicht brauchte ich einfach einen ruhigen Abend ohne Kopfkino.

Doch kaum hatte ich mich tiefer in die Kissen sinken lassen, vibrierte das Handy.

Ich erstarrte, sah auf das Display – und da war sein Name.

Mein Herz schlug sofort schneller, und ich hasste, wie wenig Kontrolle ich darüber hatte.

Ich entsperrte das Handy und las:

Damian:

Hey. Lust, morgen Abend was zu machen?

Einfach… du und ich. Kein Stress, kein Büro.

Ich starrte einen Moment auf die Nachricht.

Kurz überlegte ich, es mir in Ruhe zu überlegen.

Mein Daumen schwebte einen Moment über dem Display, als könnte diese kleine Geste entscheiden, wohin der Abend führen würde.

Aber ehrlich gesagt wusste ich die Antwort längst.

Meine Finger flogen über das Display:

Alina:

Klingt gut.
Was hast du im Kopf?

Die Antwort kam schneller, als ich erwartet hatte.

Damian:

Überraschung.
Vertrau mir. Bring nur gute Laune mit.

Ich lehnte mich zurück, drehte das Weinglas leicht zwischen den Fingern und spürte, wie sich ein Lächeln auf mein Gesicht stahl.

Er wollte nicht zu viel verraten – und genau das machte es noch aufregender.

Irgendetwas an seiner Art ließ mich glauben, dass es gut werden würde.

Egal was.

Ich schrieb ihm noch ein kurzes *„Bin gespannt"*, bevor ich das Handy endgültig zur Seite legte.

Der Wein schmeckte ein bisschen schwerer als sonst, wärmer, fast wie eine Vorahnung auf das, was kam.

Ich schlüpfte unter meine Decke, starrte an die Decke meines Schlafzimmers und spürte dieses seltsame Kribbeln unter meiner Haut.

Nicht nervös.

Nicht ängstlich.

Erwartungsvoll.

Ich sollte aufpassen.

Sollte mich nicht zu sehr hineinsteigern.

Nicht zu schnell zu viel fühlen.

Aber während ich in die Dunkelheit lächelte, wusste ich:

Vielleicht war es genau das wert.

Und noch bevor ich einschlief, hatte mein Herz längst entschieden.

KAPITEL 13

Als ich die Haustür öffnete, stand Damian schon da.

Schwarze Jeans, weißes T-Shirt, schwarze Lederjacke.

Er wirkte entspannt und gleichzeitig so präsent, dass ich einen Moment einfach nur dastand und ihn ansah.

Sein Haar lag locker, aber ordentlich, und ein gepflegter, dunkler Bart zog sich über seinen Kiefer – leicht getrimmt, mit einem Hauch von Kupfer, der im Licht aufschimmerte.

Er sah aus wie jemand, der das Chaos beherrschte, anstatt darin unterzugehen.

Ich trat auf ihn zu, und für einen Moment musterten wir uns gleichzeitig.

Ich trug ein weinrotes Minikleid, schwarze Ankle Boots und meine eigene schwarze Lederjacke.

Unbewusst hatten wir uns aufeinander abgestimmt.

Schwarz, Leder, diese stille Rebellion gegen den grauen Alltag.

Als hätte das Universum beschlossen, unser erstes echtes Date zu segnen.

Damian hob leicht eine Augenbraue, ein schiefes Grinsen zuckte über sein Gesicht.

„Sieht fast aus, als hätten wir's abgesprochen", murmelte er.

„Schicksal", erwiderte ich trocken und versuchte, die Hitze in meinem Gesicht zu ignorieren.

Er hielt mir die Beifahrertür auf, und wir fuhren los.

Wohin, verriet er nicht.

Seine Hand ruhte locker auf dem Schaltknauf, und jedes Mal, wenn er schaltete, kribbelte etwas in meinem Bauch, so unauffällig, so intensiv, dass ich fast darüber lachen musste.

„Geduld ist eine Tugend, Alina", neckte er, als ich ihn zum dritten Mal fragte.

Ich verschränkte demonstrativ die Arme vor der Brust und sah aus dem Fenster, konnte ein Grinsen aber nicht ganz unterdrücken.

Nach etwa zwanzig Minuten Fahrt verließen wir die Hauptstraße.

Bäume säumten den Weg, der sich sanft zu einem kleinen See hinunterzog.

Am Rand des Ufers lag ein alter Holzsteg, einsam und still unter dem abendlichen Himmel.

Damian parkte, öffnete den Kofferraum und zog eine Decke, zwei Weingläser und eine Flasche Rosé hervor.

„Willkommen bei Plan B", sagte er locker.

„Plan B?" fragte ich neugierig.

„Kino fiel ja ins Wasser. Heute gibt's Sterne und Rosé."

Er zwinkerte mir zu, und mein Herz machte einen kleinen Hüpfer.

Wir breiteten die Decke am Ufer aus und setzten uns.

Die Welt wirkte weiter hier draußen, freier.

Und doch so nah.

Der See lag ruhig vor uns, spiegelte das letzte Licht des Tages.

Ein leichter Wind strich über das Wasser, ließ kleine Wellen ans Ufer schlagen.

Damian öffnete die Flasche mit einer lässigen Selbstverständlichkeit und schenkte uns beiden ein.

Der Rosé schimmerte zartrosa in den Gläsern, und als ich daran nippte, erkannte ich sofort die Note – frisch, leicht fruchtig, genau mein Geschmack.

„Wie hast du…?" begann ich, aber er hob nur lächelnd eine Augenbraue.

„Aufmerksam zuhören ist mein Geheimtalent", sagte er.

Ich lachte leise und zog die Jacke enger um mich.

Für einen Moment starrten wir einfach auf das Wasser.

Die Stille zwischen uns war nicht unangenehm.

Sie war voll von unausgesprochenen Dingen.

Damian lehnte sich ein wenig zurück, stützte sich auf den Händen ab, sah in den Himmel.

„Als ich jünger war", sagte er plötzlich, „wollte ich immer ans Meer ziehen. Weit weg von allem. Nur Wasser und Himmel."

Ich drehte mich leicht zu ihm, beobachtete die Art, wie seine Stimme sich veränderte, wenn er etwas Persönliches preisgab – tiefer, ruhiger.

„Und? Warum bist du geblieben?" fragte ich sanft.

Er zuckte mit den Schultern.

„Das Leben passiert. Und irgendwann merkt man, dass nicht der Ort alles ist… sondern die Menschen, die ihn füllen."

Ich wusste genau, was er meinte.

Manchmal waren es nicht die Orte, sondern die Menschen, die Wurzeln schlugen.

Ich schwieg.

Weil ich wusste, dass Worte hier nur zerstören würden, was zwischen uns entstand.

Ein leichter Windstoß ließ eine Haarsträhne über mein Gesicht wehen.

Bevor ich reagieren konnte, hob Damian die Hand.

Er strich sie mir sanft aus der Stirn, seine Finger berührten meine Haut nur flüchtig, aber sie brannte noch lange nach.

Sein Blick blieb an mir hängen.

Kein Lächeln.

Kein Spruch.

Nur dieser stille, tiefe Blick, der mich fester hielt als jede Umarmung.

Für einen Sekundenbruchteil schien alles stillzustehen.

Nur der See, der Himmel, und wir.

Seine Hand blieb an meiner Wange liegen, warm und beruhigend.

Ohne nachzudenken lehnte ich mich in seine Berührung.

Langsam, als hätte er alle Zeit der Welt, beugte Damian sich vor.

Seine Lippen berührten meine – erst zart, dann fordernder, als würde er endlich nehmen, was die ganze Zeit schon zwischen uns gehangen hatte.

Meine Finger fanden seinen Kragen, zogen ihn näher, während sein Daumen sanft über meine Wange strich.

Der Kuss vertiefte sich.

Langsamer, intensiver, mehr.

Sein Körper rückte näher an meinen, unsere Beine berührten sich, unsere Atemzüge mischten sich, wurden heißer, schwerer.

Gerade als wir völlig ineinander zu versinken drohten, ließ Damian seine Stirn gegen meine sinken, atmete schwer aus und lächelte heiser.

„Wenn du jetzt willst", murmelte er rau, „dann bring ich dich heim."

Aber in seinem Blick lag die unausgesprochene Frage:

Oder willst du noch mehr?

Ich sah ihn an.

Manchmal reichte ein einziger Blick, um eine Entscheidung zu treffen.

Und ich wusste, dass der nächste Moment alles ändern würde.

KAPITEL 14

Ob ich mehr wollte?

Ich sah Damian an.

Und die Antwort war so klar, dass sie fast schmerzte.

Ich brauchte keine Worte.

Mein Körper hatte längst geantwortet.

Deine Art, Damian.

Dein Aussehen, deine Ideen, wie du mit mir die Zeit verbringen willst.

Ich liebte alles daran.

Es war nicht nur das Offensichtliche.

Es war dieses Gefühl, gesehen zu werden.

Gehört.

Gefühlt.

Noch während diese Gedanken durch meinen Kopf jagten, hatte ich mich bereits bewegt –

hatte mich auf deinen Schoß gesetzt, wie von einer unsichtbaren Macht gezogen.

Es war keine Entscheidung.

Es war ein Reflex.

Ein Teil von mir, der endlich tun durfte, wonach er sich so lange gesehnt hatte.

Ich sah dich an.

Ganz tief.

Diese türkisen Augen.

Dieses Funkeln darin – dunkler als sonst, rauer.

Fast gefährlich.

Mein Blick glitt tiefer, blieb an deinen Lippen hängen.

Sie lächelten. Und da war es –

dieses linke Grübchen, das mir endgültig den Verstand raubte.

Du legtest eine Hand an meinen Nacken, die andere auf meinen Oberschenkel. Fest, aber nicht fordernd.

Bereit, mich ziehen zu lassen, wenn ich wollte.

Mir jede Entscheidung selbst überlassend.

Und genau das trieb mich noch mehr in den Wahnsinn. Ich beugte mich vor und küsste dich.

Erst vorsichtig.

Dann gierig, unersättlich.

Als hätte ich jahrelang Durst gehabt und jetzt endlich die Quelle gefunden.

Deine Hände glitten an meiner Taille entlang, zogen mich näher.

Sacht, aber unaufhaltsam.

Als wollten sie jede Kurve, jede Linie meines Körpers in ihre Erinnerung brennen.

Seine Berührungen waren kein Besitz – sie waren Einladung und Versprechen zugleich.

Ich spürte, wie du mein Kleid langsam nach oben schobst.

Wie deine Fingerspitzen meine Haut berührten.

Wie sie über die feine Spitze meines Tangas strichen.

Ich trug heute nur das Nötigste darunter –

und du schienst es in diesem Moment mehr zu genießen als ich selbst.

Ich bewegte mich leicht, folgte dem Rhythmus unserer Küsse, ließ mich treiben.

Dann hobst du kurz den Blick, sahst dich um.

Niemand.

Nur wir.

Nur jetzt.

Mit einer fließenden Bewegung drehte Damian mich um, legte mich sanft auf die Decke.

Sein Blick hielt mich gefangen, während er mit seinen Fingern unter mein Kleid glitt.

Behutsam schob er den Tanga zur Seite.

Und dann –

fühlte ich ihn.

Seine Finger glitten in mich, tasteten sich vorsichtig vor.

Ich stöhnte leise gegen seine Lippen, erschrocken, wie unglaublich bereit ich schon war.

Damian spürte es.

Und ich spürte, wie ihn das noch mehr anheizte.

Sein Kuss wurde fordernder, tiefer.

Seine Finger bewegten sich geschickt, suchten, fanden genau den Punkt, an dem ich fast die Kontrolle verlor.

Ich krallte meine Hände in seine Jacke, zog ihn noch näher an mich.

Alles andere war vergessen.

Nur er.

Nur wir.

Nur jetzt.

Jede Berührung, jede Bewegung zwischen uns war ein stilles Bekenntnis.

Meine Hüften bewegten sich automatisch gegen seine Hand, verlangten mehr, immer mehr.

Und er gab es mir –

mit einer Intensität, die mich in die Höhe trieb, Welle für Welle, bis ich schließlich kam.

Ein Moment, so zerbrechlich wie ein Wassertropfen auf Haut.

Ich zitterte unter seinen Händen, presste mein Gesicht gegen seinen Hals, atmete schwer.

Damian lächelte, rau und zufrieden.

Er küsste meine Stirn, fuhr mit seiner freien Hand beruhigend über meinen Rücken.

Gerade als ich mich wieder gesammelt hatte, hörten wir Stimmen.

Leichte Schritte auf dem Weg hinter uns.

Spaziergänger.

Damian zog seine Hand zurück, so vorsichtig, als wolle er das, was gerade zwischen uns passiert war, nicht zerbrechen.

Ich setzte mich auf, zog mein Kleid glatt und blickte ihn an.

Er nahm mich einfach in den Arm.

Still.

Schützend.

Und ich ließ mich in ihn fallen.

Wissend, dass wir etwas berührt hatten, das nicht mehr rückgängig zu machen war.

Es war nicht nur das Begehren gewesen.

Es war etwas Tieferes.

Etwas, das Worte nie ganz fassen könnten.

Etwas, das blieb.

KAPITEL 15

Damian brachte mich nach Hause.

Es war still zwischen uns, aber nicht unangenehm – eher wie ein Wort, das auf der Zunge lag und nur noch nicht ausgesprochen war.

Als er die Handbremse anzog und sich zu mir drehte, zog sich mein Magen zusammen.

Er sah mich an, als gäbe es nur mich auf der Welt.

Dann beugte er sich vor und küsste mich auf die Lippen.

Zart. Fast ehrfürchtig.

Sein Daumen strich dabei kurz über meinen Kiefer, eine Berührung so sanft, dass ich sie noch spürte, als ich längst ausgestiegen war.

Ich blieb einen Moment auf dem Gehweg stehen, sah ihm nach, wie er in der Dunkelheit verschwand.

Mein Herz pochte laut, während ich die Haustür aufschloss.

————

Drinnen streifte ich mein Kleid ab, wischte mir die Wimperntusche von den Lidern und schlüpfte in mein weiches, altes Schlafshirt.

Eigentlich war ich müde.

Aber kaum lag ich im Bett, war mein Körper hellwach.

Damian.

Sein Blick, sein Lächeln, seine Hände auf meiner Haut – die Erinnerungen fluteten mich, prall und süß.

Mein Körper wusste längst, was mein Kopf zu verdrängen versuchte.

Ich schloss die Augen und sah uns wieder da, auf der Decke unter dem endlosen Himmel.

Seine Finger, sein heißer Atem an meinem Hals.

Ein warmes Ziehen setzte sich tief in mir fest, eine Gänsehaut, die meine Haut überzog.

Verlegen drehte ich mich auf die Seite und zog die Decke bis zum Kinn.

Das war verrückt.

Gerade mal ein paar Tage kannten wir uns – und doch fühlte es sich an, als würde er schon jetzt jede meiner Schwächen kennen.

Kurz überlegte ich, ihm zu schreiben.

Nur ein kleines „Gute Nacht" vielleicht.

Meine Finger lagen schon auf dem Handy.

Doch ich hielt inne.

Zu viel?

Zu früh?

Ich biss mir auf die Lippe, legte das Handy schließlich weg und zwang mich, die Augen zu schließen.

Aber der Schlaf ließ auf sich warten.

Und mein Herz schlug noch lange schneller, während draußen die Nacht weiter über die Welt kroch.

Der nächste Morgen begrüßte mich mit weichem Sonnenlicht und dem Zwitschern der Vögel.

Sonntag.

Die Welt drehte sich weiter, als wäre nichts gewesen.

Nur in mir war alles anders.

Ich streckte mich träge, blieb noch eine Weile liegen und starrte an die Decke.

Ein Teil von mir war dankbar für die Pause – Zeit, um klarer zu denken.

Ein anderer Teil…

zählte heimlich die Stunden bis Montag.

Beim Frühstück goss ich mir Kaffee ein, ließ die Tasse stehen, vergaß sie fast.

Meine Gedanken wanderten immer wieder zu Damian.

Wie er mich ansah.

Wie er mich berührte.

Ich schüttelte den Kopf, versuchte mich abzulenken – Netflix, Lesen, ein kurzer Spaziergang.

Nichts half.

Seine Nähe hatte sich in meine Haut gebrannt.

Und ich wusste schon jetzt:

Wenn ich ihn am Montag wiedersehen würde, würde alles in mir nach mehr verlangen.

Nach ihm.

Und ich fragte mich,

ob er es auch so spüren würde.

KAPITEL 16

Ich hatte kaum geschlafen.

Mein Bett fühlte sich zu groß, zu leer an, als könnte ich den Abdruck ihrer Wärme noch immer spüren, obwohl sie nie darin gelegen hatte.

Alina.

Ihr Name allein ließ mein Körperbewusstsein aufflammen, als hätte sie sich unter meiner Haut eingenistet.

Jede Bewegung im Bett schien sie aufzurufen, als wäre sie längst ein Teil von mir.

Ich hatte alles versucht, um sie aus meinem Kopf zu kriegen – kalte Dusche, ein Drink, Musik.

Nichts half.

Ihr Blick, als sie auf meinem Schoß saß.

Der leise Biss auf ihrer Unterlippe, bevor sie mich küsste.

Der feine Duft ihrer Haut, süß und frisch, wie ein verdammter Suchtstoff.

Ich wollte mehr.

Viel mehr.

Und ich wusste jetzt schon, dass ich nicht vernünftig bleiben konnte, wenn ich sie wieder sah.

————

Auf dem Weg zur Arbeit war ich fahrig.

An roten Ampeln trommelte ich nervös mit den Fingern aufs Lenkrad, zwang mich, an Meetings und Projekte zu denken – erfolglos.

Alles in mir war auf sie programmiert.

Als ich auf dem Firmenparkplatz einbog, atmete ich tief durch, streifte mir die Jacke über die Schultern und lief zum Eingang.

Routine, sagte ich mir.

Konzentrier dich.

Doch kaum hatte ich den Aufzugsknopf gedrückt, sah ich sie.

Alina.

Ein leiser Piepton kündigte den Aufzug an – aber in meinem Kopf war nur sie.

Sie kam auf mich zu, federnd, wie schwerelos.

Ein schlichter Blazer, der ihre Taille umspielte, eine dunkle Jeans, die ihre endlos langen Beine betonte.

Ihr Haar fiel ihr locker über die Schultern, ein paar Strähnen standen frech ab – sie wirkte so frisch, so echt, dass es mich beinahe zerriss.

Und dann dieser Duft.

Leicht, warm, irgendwie blumig und so verdammt betörend, dass ich sofort härter atmete.

Wie Licht, das sich durch einen dunklen Raum fraß.

So war ihr Anblick.

Gier schoss heiß durch meinen Körper.

Ich wollte sie an mich ziehen.

Spüren, wie ihr Körper unter meinen Händen nachgab.

Wieder diese weichen, zittrigen Atemzüge hören, wenn ich sie berührte.

Sie schmecken, bis sie meinen Namen flüsterte wie ein Versprechen.

Unsere Blicke trafen sich.

Ein kurzer Moment – vielleicht eine Sekunde – und doch brannte er sich tief in mich hinein.

Ihre Lippen kräuselten sich zu einem schüchternen, fast scheuen Lächeln.

Ein Lächeln, das mir jede Beherrschung kostete.

Ich ballte die Hände in den Taschen, zwang mich, stehen zu bleiben.

Meine Vernunft war ein Kartenhaus – und sie war der Sturm.

Nicht jetzt.

Nicht hier, wo jeder uns sehen konnte.

Aber tief in mir wusste ich:

Wenn ich noch oft in ihrer Nähe sein musste, würde ich mich früher oder später verlieren.

Und dann würde ich sie nehmen –

so, wie ich sie längst in meinen Gedanken genommen hatte.

KAPITEL 17

Ich lief den Flur entlang, den Kaffee in der einen, einen Stapel Unterlagen in der anderen Hand.

Mein Kopf war noch bei den Zahlen, bei der nächsten Besprechung – bis ich am Drucker vorbeikam.

Und stehen blieb.

Alina.

Mit einem Kollegen aus dem Projektmanagement.

Sie standen dicht beieinander, lachten über irgendetwas, das ich nicht verstand.

Sein Blick war eindeutig – zu direkt, zu offen.

Sein Lächeln war zu breit. Zu vertraut.

Und ihr Lächeln, dieses warme, ehrliche Lächeln, das gestern nur mir gehört hatte, galt jetzt ihm.

Etwas Kaltes und zugleich Brennendes breitete sich in meiner Brust aus.

Eifersucht.

Roh und ungebändigt.

Ich wollte zu ihr gehen.

Wollte sie packen, ihr zeigen, wem sie gehörte.

Am liebsten hätte ich sie genommen, einfach jetzt, sofort.

Hätte sie in die Küche gezogen, auf die Toiletten, irgendwohin, wo ich allein mit ihr war.

Weg von allen Blicken.

Ich wollte ihre Haut unter meinen Händen spüren.

Wollte hören, wie sie wieder meinen Namen flüsterte, nur meinen.

Wollte sie so tief in mich hineinziehen, dass kein anderer sie je wieder so sehen, so berühren konnte.

Es war kein Zweifel.

Es war ein Anspruch, der längst in mir lebte.

Mein Kiefer spannte sich an.

Meine Muskeln arbeiteten gegen den Wunsch, zu explodieren.

Ich zwang mich, ruhig weiterzugehen.

Bloß nichts anmerken lassen.

Aber in meinem Inneren brannte es.

Alina war mein.

Auch wenn sie es noch nicht wusste.

Und irgendwann, verdammt bald, würde ich ihr das klar machen.

Nicht mit großen Worten.

Nicht mit Versprechen.

Mit jeder Berührung.

Jeder Blick.

Jeder verdammten Berührung, die sie nie wieder vergessen würde.

Sie würde es lernen.

An meiner Haut.

In meinen Händen.

Und ich konnte den Moment kaum erwarten, an dem sie es zulassen würde.

KAPITEL 18

Den ganzen Vormittag über arbeitete ich mechanisch.

Tat so, als wäre ich konzentriert, als würden mich die Tabellen auf dem Bildschirm auch nur im Geringsten interessieren.

Aber alles, was ich wirklich wollte, war sie.

Alina.

Jedes Mal, wenn ich sie irgendwo sah – beim Kaffeeholen, beim Kopierer, am Besprechungstisch –, spannte sich etwas in mir an.

Diese kleine Furche zwischen ihren Brauen, wenn sie nachdachte.

Der Biss auf ihre Unterlippe, wenn sie nervös wurde.

Ihr Duft, der mich wahnsinnig machte, sobald sie in der Nähe war.

Als wäre sie Licht in einer Welt, die nur noch nach ihr schmeckte.

Irgendwann, nach der Mittagspause, sah ich sie wieder.

Allein.

Sie stand am Ende des Flurs, eine Aktenmappe in der Hand, den Blick auf ihr Handy gerichtet.

Unachtsam.

Verloren in irgendetwas, das nicht ich war.

Das reichte.

Ich ging los, bevor mein Verstand mich bremsen konnte.

Zwei schnelle Schritte.

Dann stand ich vor ihr.

Sie hob den Kopf, überrascht, ihre Lippen teilten sich leicht, als wollte sie etwas sagen – doch ich ließ ihr keine Zeit.

„Mitkommen", knurrte ich leise, raunte es ihr fast gegen das Ohr.

Meine Stimme klang rauer, tiefer, fast fremd für mich selbst.

Sie blinzelte, ließ sich dann führen – oder vielleicht wollte sie es genauso sehr wie ich.

Ich zog sie in den kleinen Lagerraum neben dem Besprechungszimmer.

Die Tür fiel hinter uns ins Schloss.

Die Luft war warm, aufgeladen, als würde jede Bewegung zwischen uns Funken schlagen.

Einen Moment lang standen wir nur da.

Unsere Blicke ineinander verhakt.

Meine Hand noch immer an ihrem Handgelenk.

Ihre Brust hob und senkte sich schnell.

Meine eigene Atmung war nicht besser.

„Damian…" flüsterte sie.

Eine Warnung.

Eine Einladung.

Ich trat näher.

So nah, dass ihr Rücken fast die Wand berührte.

„Du hast keine Ahnung, was du mit mir machst", murmelte ich rau, meine Stirn an ihre gelehnt.

Ich wollte sie.

Jetzt.

Sofort.

Meine Hände fanden ihre Taille, zogen sie zu mir, ließen keine Luft mehr zwischen uns.

Ihre Hitze drang durch unsere Kleidung, machte mich fast wahnsinnig.

Ich senkte den Kopf, strich mit der Nasenspitze an ihrer Wange entlang, roch ihr Shampoo, ihre Haut, sie.

Mein Mund fand ihre Lippen – erst sanft, dann gieriger, als sie sich öffnete und mich einließ.

Alina klammerte sich an meinen Nacken, zog mich noch näher.

Ein leises, unterdrücktes Keuchen entwich ihr, als ich meine Hände über ihren Rücken wandern ließ, spürte, wie sie unter meiner Berührung erzitterte.

Jede Berührung ein neues Maß an Wahnsinn.

Süß.

Brennend.

Unaufhaltsam.

„Meins", flüsterte ich rau gegen ihre Haut.

„Nur meins."

Und sie antwortete nicht.

Musste sie auch nicht.

Ihr Körper sprach eine Sprache, die ich verstand.

Eine Sprache aus Hitze, Hunger, Verlangen.

Wir hatten eine Grenze überschritten.

Und es gab kein Zurück.

KAPITEL 19

Meine Hände glitten über ihren Körper, als könnte ich nie genug von ihr bekommen.

Alina schmiegte sich an mich, ihre Lippen forschten nach meinen, heiß, ungeduldig.

Es gab kein Zögern mehr, kein Zurückhalten.

Nur noch uns.

Nur noch diese verdammte Gier.

Ich drückte sie sanft, aber unmissverständlich gegen die Wand, spürte, wie ihr Körper auf meinen reagierte.

Jede Kurve, jede Erregung, die sie nicht mehr verstecken konnte.

Meine Finger fanden den Saum ihrer Bluse, glitten darunter, berührten heiße Haut.

Gänsehaut breitete sich unter meinen Berührungen aus, ihr Atem wurde flacher.

Verdammt, Alina… flüsterte ich rau, während ich ihre Taille umfasste, als könnte ich sie so vor der Welt abschirmen.

Ich will dich.

Sie antwortete nicht, brauchte es nicht.

Ihr Körper presste sich enger an mich, ihre Finger vergruben sich in meinem Shirt.

Meine Hand wanderte tiefer, strich über ihre Hüfte, glitt unter den Stoff ihres Rockes.

Ich fühlte, wie warm sie war, wie weich, wie bereit.

Meine Lippen fanden ihren Hals, bissen sanft zu, während sie leise aufstöhnte, den Kopf gegen die Wand lehnte, sich mir hingab.

Ich verlor mich in ihr.

In ihrem Geschmack.

Ihrem Duft.

Ihrem Zittern.

Ich war so kurz davor, alles zu vergessen.

Alles.

Bis plötzlich Geräusche von draußen zu hören waren.

Stimmen.

Schritte.

Scheiße.

Ich riss mich widerwillig von ihr los, stützte eine Hand an der Wand neben ihrem Kopf, atmete schwer.

Alina öffnete langsam die Augen, ihre Lippen waren gerötet, ihre Wangen gerötet, ihre Brust hob und senkte sich schnell.

Unsere Blicke trafen sich – flüchtig, brennend, unausgesprochen.

Ich richtete mich auf, zog ihre Bluse wieder ordentlich zurecht, strich ihr vorsichtig eine Haarsträhne aus dem Gesicht.

Nicht hier, murmelte ich heiser.

Nicht so.

Ihre Lippen zitterten leicht, als sie nickte.

Ihre Augen glänzten vor Verlangen.

Ich öffnete leise die Tür einen Spalt, lauschte.

Die Stimmen waren weg.

Wir traten hinaus, einer nach dem anderen, als wäre nichts passiert.

Als wären wir nicht Sekunden zuvor kurz davor gewesen, uns völlig zu verlieren.

Aber ich wusste es.

Und sie wusste es auch.

Es war nur aufgeschoben.

Und das nächste Mal…

Das nächste Mal würde ich mich nicht mehr zurückhalten.

KAPITEL 20

Der Abend zog sich.

Ich lag auf meinem Sofa, den Fernseher eingeschaltet, aber ich nahm kaum wahr, was lief.

Meine Gedanken waren irgendwo anders.

Bei ihm.

Bei Damian.

Der heutige Tag hatte alles verändert.

Nicht schlagartig, nicht sichtbar für andere – aber in mir drin hatte sich etwas verschoben.

Ich dachte an seinen Blick am Drucker zurück.

An dieses rohe, heiße Funkeln, als er mich mit dem Kollegen aus dem Projektmanagement reden sah.

An die Eifersucht, die so offen in seinen Augen gelegen hatte, dass es fast wehgetan hatte.

Und ich dachte an den Lagerraum.

An seine Hände auf meiner Haut, seine Lippen an meinem Hals, seine Stimme, die rau und dunkel gegen meine Haut geklungen hatte.

Meins, hatte er geflüstert.

Nur ein Wort.

Aber es hatte etwas in mir ausgelöst, das ich nicht mehr zurückholen konnte.

Ich hatte nie damit gerechnet, dass Damian so sein könnte.

So besitzergreifend.

So hemmungslos.

So hungrig nach mir.

Und ich?

Ich wollte ihn.

Vielleicht noch mehr, als ich mir selbst eingestand.

Gerade als ich versuchte, mich irgendwie zu beruhigen, vibrierte mein Handy neben mir.

Eine Nachricht.

Damian:

Ich kann deinen Geschmack noch auf meinen Lippen schmecken.

Und ich werde ihn mir holen.

Nicht im Vorbeigehen. Nicht heimlich. Richtig.

Mein Herz setzte einen Schlag aus.

Dann raste es los, als würde es aus meiner Brust brechen wollen.

Ich starrte auf die Worte, ließ sie tief in mich sinken.

Spürte, wie allein die Erinnerung an seine Berührungen meinen Körper wieder in Flammen setzte.

Er wollte mich.

Ohne Zurückhaltung.

Ohne Spielchen.

Und ich wusste jetzt schon, dass ich keinen Widerstand leisten würde.

Nicht, wenn er mich wirklich wollte.

Nicht, wenn er mich wirklich nahm.

Ich legte das Handy zur Seite, atmete tief durch.

Aber mein Körper beruhigte sich nicht.

Meine Haut sehnte sich nach ihm.

Meine Gedanken kreisten nur noch um ihn.

Und ich wusste:

Das hier war erst der Anfang.

Unser Anfang.

KAPITEL 21

Dienstag.

Ein neuer Tag – aber das gleiche Feuer unter meiner Haut.

Schon beim Betreten des Gebäudes spürte ich ihn.

Seine Präsenz. Seinen Blick.

Ich musste ihn nicht einmal sehen, um zu wissen, dass er da war.

Es war, als würde mein Körper automatisch auf ihn reagieren.

Als ich um die Ecke bog, traf es mich wie ein Schlag.

Damian stand am Kaffeeautomaten, lässig, die Arme vor der Brust verschränkt.

Sein Blick klebte an mir, dunkel, fordernd, so intensiv, dass ich für einen Moment vergaß zu atmen.

Meine Schritte verlangsamten sich unbewusst.

Ich zwang mich, normal weiterzugehen, aber jeder Muskel in meinem Körper war sich seiner Anwesenheit bewusst.

Er sah mich an, als könnte er genau spüren, dass mein ganzer Körper nach ihm schrie.

Und ich sah ihn an, als wüsste ich genau, dass er denselben Hunger in sich trug.

Langsam schob ich mir eine Haarsträhne hinters Ohr, eine scheinbar beiläufige Geste – aber ich wusste genau, dass sein Blick an meinen Fingern hängen blieb.

An meiner Haut.

An allem, was er so sehr wollte.

Als ich näher kam, trat er einen Schritt zur Seite.

Nur ein kleines Stück.

Gerade genug, damit unsere Schultern sich beinahe berührten, als ich mich nach einer Kaffeetasse streckte.

Ich spürte die Hitze, die von ihm ausging.

Spürte, wie sein Blick an meinem Profil entlangwanderte, als könnte er mich nur mit seinen Augen berühren.

Ich nahm meinen Kaffee, sagte nichts.

Er auch nicht.

Aber die Spannung zwischen uns war so dick, dass sie die Luft hätte schneiden können.

Als ich mich umdrehte, ganz dicht an ihm vorbei, hörte ich seine Stimme – ein dunkles, raues Flüstern, kaum mehr als ein Hauch.

Alina.

Nur mein Name. Nur seine Stimme. Aber es war, als hätte er mich mit bloßen Händen berührt.

Ich zwang mich, weiterzugehen, mein Herz raste, mein Körper vibrierte.

Er spielte nicht.

Nicht diesmal.

Und ich wusste:

Bald würde nichts uns mehr aufhalten können.

KAPITEL 22

Ich wusste nicht, warum ich es getan hatte.

Vielleicht war es Hoffnung.

Vielleicht war es Vorahnung.

Oder einfach der stille Wunsch, dass er mich heute Abend noch sehen wollte.

Ich hatte geduscht, mein Haar getrocknet, es locker über meine Schultern fallen lassen.

Und statt in meine alte Jogginghose zu schlüpfen, hatte ich das Nachthemd aus der untersten Schublade gezogen.

Seide, zart und kühl auf der Haut.

Blasses Rosé, fast hautfarben, mit feiner Spitze an den Brüsten, die mein Dekolleté schmeichelte, es leicht anhob, ohne aufdringlich zu wirken.

Ich hatte keine Absicht gehabt, mich aufzubrezeln.

Und doch saß ich jetzt auf der Couch, die Beine locker angezogen, ein halbleeres Glas Wein in der Hand, während ich gedankenverloren mit dem Finger über den Rand strich.

Ein Teil von mir wusste es einfach.

Er würde kommen.

Oder ich wünschte es mir so sehr, dass ich es glaubte.

Und dann – genau in diesem Moment – klingelte es.

Mein Herz machte einen Sprung.

Ich stellte das Glas hastig auf dem Couchtisch ab, stand langsam auf, strich nervös über den Stoff meines Nachthemdes.

Als ich die Tür öffnete, stand er da.

Damian.

Sein Haar war perfekt gestylt, wie immer.

Kein Chaos, keine Unruhe auf seiner Oberfläche – nur unter seiner Haut brodelte es, das sah ich sofort.

Diese Spannung in seinen Schultern.

Dieses Glimmen in seinen Augen.

Langsam, fast schwer, glitt sein Blick über mich.

Über meine nackten Beine.

Über die feine Spitze, die mein Dekolleté schmückte.

Über mein Gesicht, das heiß vor Erwartung brannte.

Sein Kiefer spannte sich, als würde er kämpfen, die Kontrolle nicht zu verlieren.

Ich schluckte schwer, hielt seinen Blick.

Kein Wort wurde gesprochen.

Brauchte es auch nicht.

Alles lag in diesem Moment.

Er trat einen Schritt näher, zwang mich fast zurück in die Wohnung, schloss die Tür mit einem leisen Klicken hinter sich.

Seine Hand strich über meinen Arm, sanft, als müsse er sich vergewissern, dass ich wirklich da war.

Alina, murmelte er heiser, seine Stimme dunkel und rau.

Ich konnte nicht… Ich musste dich sehen.

Mein Herz raste, mein Körper vibrierte vor Erwartung.

Ich sah ihn an, trat näher, bis nur noch Zentimeter zwischen uns lagen.

Mein Atem streifte seine Haut.

Ist schon gut, flüsterte ich zurück.

Ich wollte, dass du kommst.

Für einen winzigen Moment blitzte Erleichterung in seinen Augen auf.

Und dann war da nur noch Hunger.

Reiner, ungezügelter Hunger.

Seine Hände fanden meine Taille, fest, bestimmend, und seine Lippen senkten sich auf meine.

Ein Kuss, heiß, fordernd, nichts mehr zurückhaltend.

Als hätte er sich tagelang beherrscht, nur um jetzt endlich alles loszulassen.

Und ich ließ ihn.

Ließ mich fallen.

Denn genau hier wollte ich sein.

Genau hier – in seinen Armen, in diesem Moment, in diesem Sturm, der nur uns gehörte.

Sein Kuss schmeckte nach all den Tagen, in denen wir uns zurückgehalten hatten. Und nach der Nacht, in der wir uns endlich verlieren würden.

KAPITEL 23

Damian küsste mich wie ein Verdurstender.

Seine Lippen forderten, nahmen, erforschten.

Sein Griff an meiner Taille wurde fester, seine Hände wanderten langsam über meinen Rücken, über meine Hüften, so als wollte er sich jede Kurve, jede Linie in seine Erinnerung brennen.

Ich spürte ihn – hart, bereit, so verdammt präsent –, aber er drängte nicht.

Noch nicht.

Stattdessen hob er mich mit einer Leichtigkeit hoch, trug mich durch den Flur, ließ mich auf dem weichen Sofa landen, das Nachthemd verrutschte, gab mehr Haut frei, als ich zeigen wollte – und doch rührte ich mich nicht.

Ich wollte, dass er alles sah.

Alles spürte.

Sein Blick verschlang mich, heiß und dunkel, während er sich langsam über mich beugte.

Seine Hände glitten an meinen Schenkeln entlang, schoben das seidene Kleid noch weiter nach oben, bis ich nackt vor ihm lag, nur von ein paar Zentimetern Stoff bedeckt.

Schau dich an, murmelte er rau.

Schönstes verdammtes Geschenk, das ich je bekommen hab.

Sein Mund fand meinen Hals, küsste mich, biss leicht, fuhr tiefer über meine Schlüsselbeine, über den Ansatz meiner Brüste.

Ich spürte seine Zunge, wie sie sanfte, heiße Linien über meine Haut zog.

Ich stöhnte leise auf, bog mich ihm entgegen, gierig nach mehr.

Damian lachte leise, tief, vibrierend.

Du hast keine Ahnung, was du mit mir machst, murmelte er heiser.

Dann glitt er tiefer.

Seine Hände legten meine Schenkel auseinander, hielten sie offen, als wären sie sein persönliches Geschenk.

Sein Blick – dunkel, verschlingend – ruhte auf meiner nassen Mitte.

Perfekt, flüsterte er fast ehrfürchtig.

Bevor ich etwas sagen konnte, neigte er den Kopf und küsste mich dort, genau da, wo ich ihn am meisten brauchte.

Seine Zunge strich langsam über mich, forschend, genießend, so als wollte er mich nicht einfach nur zum Kommen bringen – sondern mich auseinandernehmen.

Stück für Stück.

Meine Hände verkrampften sich in den Kissen.

Ein unterdrückter Schrei vibrierte in meiner Brust.

Er schmeckte mich, langsam, gründlich, zog jede Reaktion aus mir heraus, als wäre ich sein Lieblingsgericht und er hätte ewig Zeit.

Immer wieder fuhr er mit der Zunge über meinen empfindlichsten Punkt, mal sachte, mal druckvoll, mal neckend leicht.

Meine Hüften hoben sich ihm entgegen, suchten ihn, verlangten mehr.

Aber Damian hielt mich fest, bestimmte den Rhythmus, zwang mich, jede Sekunde auszukosten.

Er stöhnte leise, vibrierend, als würde allein mein Geschmack ihn wahnsinnig machen.

Meine, murmelte er gegen meine Haut.

Nur meine.

Ich fühlte, wie sich alles in mir spannte, wie ich auf diese eine Welle zusteuerte, die alles überschwemmen würde.

Und Damian wusste es.

Er spürte es.

Er ließ nicht nach.

Er leckte mich durch, während ich unter ihm zerbrach, meine Beine um seine Schultern schlang und seinen Namen keuchte, flehte, schrie.

Aber er kam nicht hoch.

Noch nicht.

Er fuhr einfach fort.

Nahm mich, schmeckte mich, als wäre mein Orgasmus erst der Anfang.

Und ich wusste:

Er würde erst aufhören, wenn ich nichts mehr wusste außer seinem Namen.

KAPITEL 24

Ich lag zitternd unter ihm, völlig ausgeliefert, mein Körper bebte noch von dem Orgasmus, den er aus mir herausgezogen hatte.

Doch Damian hatte keine Absicht, mir eine Pause zu gönnen.

Seine Hände glitten wieder über meine Schenkel, seine Zunge fuhr fordernd durch meine feuchte Hitze, als wolle er alles aus mir herauskosten.

Jede Reaktion.

Jedes Beben.

Jeden leisen, unterdrückten Schrei.

Ich krallte meine Finger in seine Haare, nicht um ihn wegzuziehen – sondern um ihn näher an mich zu pressen, ihn tiefer spüren zu können.

Er ließ es zu.

Ging auf mich ein.

Fickte mich mit seiner Zunge, langsam, rhythmisch, während seine Hände meine Hüften festhielten, mich lenkten, mich zwangen, mich zu verlieren.

Ich spürte, wie sich die nächste Welle aufbaute.

Heftiger.

Rücksichtsloser.

„Damian…" keuchte ich, völlig außer Kontrolle.

Er hob kurz den Kopf, seine Lippen glänzten von mir, sein Blick glomm dunkel vor Hunger.

„Nicht reden", knurrte er rau.

„Nur fühlen."

Und dann schob er zwei Finger in mich, tief, langsam, während seine Zunge sich wieder auf meinen empfindlichsten Punkt legte.

Ich schrie auf, ritt seine Hand, verzweifelt, gierig, verloren.

Er pumpte seine Finger in mich, tief, fordernd, ließ seine Zunge kreisen, während ich mich auflöste, Stück für Stück.

Mein Körper erbebte unter ihm, ich kam erneut, heftig, erschütternd, klammerte mich an ihn, als wäre er das Einzige, was mich noch auf der Welt hielt.

Aber Damian war noch lange nicht fertig.

Er zog sich langsam zurück, betrachtete mich mit einem Blick, der mich noch mehr zittern ließ.

Als wäre ich seine Beute, die er erst freigeben würde, wenn er jeden Zentimeter von mir beansprucht hatte.

Er stand auf, zog sein Shirt aus – seine Muskeln spannten sich unter der Bewegung, perfekt definiert, mächtig –, öffnete seine Jeans, ließ sie achtlos zu Boden gleiten.

Ich sog scharf die Luft ein, als ich ihn sah.

Hart.

Bereit.

Groß.

Er nahm ein Kondom aus seiner Hosentasche, riss es auf, rollte es mit einer schnellen, sicheren Bewegung über sich.

Dann trat er wieder zu mir, zog mich mit einer einzigen, bestimmenden Geste an die Sofakante.

Ich war völlig willenlos, trunken von Lust und von ihm.

Damian beugte sich über mich, schob meine Beine weit auseinander, sodass ich völlig offen vor ihm lag.

„Schau dich an", murmelte er heiser.

„So wunderschön… so perfekt… nur für mich."

Sein Blick war so dunkel, so intensiv, dass ich glaubte, in Flammen aufzugehen.

Er streichelte mich ein letztes Mal, ließ seine Fingerspitzen über meine geschwollene, empfindliche Haut gleiten – dann drückte er sich langsam in mich.

Ich keuchte auf, der erste Kontakt ließ mich unkontrolliert zittern.

Er war dick, dehnte mich mit jedem Zentimeter, der sich seinen Weg in mich bahnte.

Damian hielt still, ließ mir einen Moment, atmete schwer gegen meinen Hals.

„Fühlt sich so verdammt gut an", raunte er.

„Scheiße, Alina…"

Dann zog er sich fast ganz zurück, nur um wieder tief, unbarmherzig in mich hineinzustoßen.

Ich schrie seinen Namen, laut, hemmungslos.

Und er nahm mich – langsam, tief, mit dieser unendlichen Kontrolle, die mich fast wahnsinnig machte.

Jeder Stoß war eine Verheißung.

Jeder Stoß eine Drohung, dass ich nie wieder jemand anderen so spüren würde.

Nur ihn.

Nur Damian.

Und genau das wollte ich.

Für immer.

KAPITEL 25

Ich spürte jeden verdammten Zentimeter von ihr.

Wie eng sie mich umschloss.

Wie sie sich unter mir wand, atemlos, verloren, perfekt.

Mein Verstand war längst ausgeschaltet.

Nur noch Instinkt, nur noch Verlangen trieben mich an.

Ich zog mich fast ganz aus ihr zurück, nur um mich wieder tief, unnachgiebig in sie zu schieben.

Langsam.

Qualvoll tief.

Jeder Stoß ein Statement.

Alina stöhnte auf, ihre Hände verkrallten sich in meinen Schultern, ihre Nägel kratzten über meine Haut – und ich wollte noch mehr davon.

Mehr von ihrem Zittern.

Mehr von ihrem Wimmern.

Mehr von ihrem süßen, verdammten Kontrollverlust, der nur mir gehörte.

„Schau dich an", keuchte ich an ihrem Ohr, mein Atem heiß auf ihrer Haut.

„So schön… so verdammt süß… unter mir."

Sie antwortete nicht mit Worten.

Nur ihr Körper sprach.

Sie bäumte sich mir entgegen, nahm mich auf, als wäre ich alles, was sie je gebraucht hatte.

Und vielleicht war ich das.

Vielleicht war ich der Einzige, der sie wirklich verstand.

Der sie wirklich spüren konnte.

Ich griff unter ihre Kniekehlen, hob ihre Beine an, drückte sie noch weiter auf, noch tiefer, nahm sie in einem Winkel, der sie völlig öffnete –

und stieß zu.

Härter jetzt, kontrolliert brutal, während sie unter mir zerbrach.

Alina schrie auf, ihr Kopf warf sich zurück, ihre Finger verkrallten sich in die Couch.

Und ich sah es – dieses Flackern in ihren Augen – kurz bevor sie explodierte.

Ich fühlte, wie sie um mich zusammenzuckte, wie sie mich fest in sich einschloss, mich hielt, mich zwang, tiefer, fester zu bleiben.

Ihre Muskeln krampften, zogen mich noch tiefer in sie hinein.

Und ich ließ es geschehen.

Ich gab mich ihr hin.

Nicht, indem ich kam.

Noch nicht.

Verdammt, ich wollte jeden verdammten Moment auskosten.

Ich verlangsamte das Tempo, ließ sie auf meiner Länge ausbrennen, ließ sie jede Sekunde spüren, wie sehr ich sie beanspruchte.

„Meine", knurrte ich rau, während ich meine Stirn gegen ihre legte.

„Nur meine."

Ihre Lippen formten stumme Worte.

Vielleicht mein Name.

Vielleicht etwas, das sie selbst nicht verstand.

Aber es gehörte mir.

Alles an ihr gehörte mir.

Und ich würde verdammt noch mal dafür sorgen, dass sie es nie wieder vergaß.

KAPITEL 26

Ich spürte, wie sie unter mir bebte, wie sie meinen Namen zwischen ihren Lippen keuchte – verloren, roh, süß.

Und jedes verdammte Geräusch von ihr ließ mich selbst noch härter werden.

Je mehr ich sie fühlte, je mehr ich sie an den Rand trieb, desto wilder brannte das Verlangen in mir.

Es war nicht nur ihre Hitze.

Nicht nur der enge, nasse Griff ihres Körpers um mich.

Es war der verdammte Blick in ihren Augen, wenn sie sich vergaß.

Wenn sie nichts anderes mehr kannte – außer mir.

Jedes Zittern, jeder Schrei, jeder gebrochene Atemzug war wie Benzin in meinem Blut.

Ich sah sie an – ihre glühenden Wangen, die halb geschlossenen Augen, die Lippen, die meinen Namen flehten –

und ich wusste:

Ich wollte sie nicht nur nehmen.

Ich wollte sie zerstören.

Auf die schönste, süßeste, gnadenloseste Art.

Meine Hände glitten über ihre Schenkel, packten sie fester, zwangen sie, meine Stöße tiefer zu nehmen, härter, rauer.

Und Alina bebte unter mir, hingab sich, ließ sich fallen, gab sich auf – nur für mich.

„Fühlst du das?" knurrte ich rau gegen ihren Hals.

„Wie du für mich kommst? Wie du nur für mich dich verlierst?"

Ein heiseres Wimmern entkam ihr, und ich stieß tiefer, sah zu, wie ihr Körper wieder erbebte, wie sie sich an mir verlor.

Verdammt, es machte mich krank vor Lust.

Es machte mich wahnsinnig, sie so zu spüren.

Ich zog mich kurz zurück, nur um sie umzudrehen, brachte sie auf Hände und Knie vor mir.

Ihr Rücken formte eine perfekte Linie, ihr Haar fiel ihr wild über die Schulter, ihr Körper vibrierte noch immer unter der Nachwirkung.

Ich streichelte über ihren Rücken, über ihre Hüften – bewunderte sie.

Dieses wunderschöne Chaos, das nur mir gehörte.

Dann stieß ich wieder tief in sie.

Fordernd.

Besitzergreifend.

Ein gebrochener Laut entwich ihren Lippen, sie sackte fast unter der Wucht meiner Bewegungen zusammen.

„Verdammt, Alina," knurrte ich heiser, während ich ihre Hüften packte und sie noch fester gegen mich zog.

„Du machst mich wahnsinnig."

Ich nahm sie, langsam, dann schneller.

Ließ sie unter meinen Händen beben.

Spürte, wie sie wieder und wieder kurz davor war, erneut zu zerbrechen.

„Ich will dich schreien hören," raunte ich rau an ihrem Ohr.

„Ich will, dass du weißt, dass dich niemand je so nehmen wird wie ich."

Und sie tat es.

Sie schrie meinen Namen.

Verlor sich völlig.

Gab sich mir.

Und dieses Gefühl – sie so bei mir zu haben, sie so vollkommen zu besitzen – ließ mich selbst explodieren.

Tief in ihr.

Heftig.

Vollkommen überwältigt von allem, was sie in mir auslöste.

KAPITEL 27

Unsere Körper waren noch immer eng ineinander verschlungen, als die Welt um uns langsam wieder Gestalt annahm.

Mein Herz schlug hart gegen meine Rippen, meine Atmung war schwer und ungleichmäßig.

Damian hielt mich fest, seine Hände ruhten auf meinen Hüften, seine Stirn lehnte an meiner Schulter.

Einen Moment lang bewegte sich keiner von uns.

Es gab nichts zu sagen.

Keine Worte, die diesem Moment gerecht geworden wären.

Langsam zog er sich aus mir zurück – so behutsam, als wollte er nichts zerstören, was wir gerade aufgebaut hatten.

Ich spürte die Leere sofort, ein kleines, schmerzliches Ziehen in meinem Inneren, das mich beinahe zum Weinen brachte.

Aber dann legte er seine Hände an meine Seiten, drehte mich vorsichtig zu sich, hob mich hoch und setzte sich mit mir auf den Schoß – als wäre ich sein kostbarster Besitz.

Ich schmiegte mich an seine Brust, spürte, wie seine Haut an meiner klebte – warm, lebendig, echt.

Damian legte eine Hand in meinen Nacken, streichelte langsam über mein Haar, zog kleine beruhigende Kreise.

Sein Atem strich über meinen Kopf, tief und schwer, aber ruhig.

„Alles okay?" murmelte er leise, rau.

Ich nickte nur.

Konnte nicht sprechen.

Wollte es auch nicht.

Ich wollte einfach nur hier bleiben.

In seinen Armen.

In dieser Stille, die schwer war von allem, was wir nicht aussprechen mussten.

Er küsste meine Stirn, langsam, zärtlich – als wolle er etwas in mich hineinlegen, das ich für immer bewahren sollte.

Ich schloss die Augen, ließ mich treiben.

Sein Herzschlag war mein neuer Takt.

Sein Atem mein neuer Rhythmus.

In diesem Moment war nichts kompliziert.

Keine Vergangenheit.

Keine Ängste.

Keine Fragen.

Nur wir.

Nur jetzt.

Und ich wusste:

So sehr ich ihn begehrte, so heftig ich ihn wollte –

es war dieser Moment, dieses Halten, dieses Bleiben, das mich endgültig fallen ließ.

Ich hatte keinen Halt gesucht.

Und doch hatte ich ihn gefunden.

In ihm.

KAPITEL 28

Die ersten Sonnenstrahlen fielen durch die halb geöffneten Vorhänge und zeichneten goldene Linien auf die Haut.

Ich blinzelte langsam wach, eingekuschelt in eine warme, starke Brust.

Damians Brust.

Sein Arm lag schwer und beruhigend um meine Taille, seine Hand ruhte an meiner Hüfte, als würde er mich selbst im Schlaf nicht loslassen wollen.

Ich atmete tief ein, sog seinen Duft ein – eine Mischung aus frischer Haut, Seife und etwas, das nur ihm gehörte.

Beruhigend. Vertraut. Unwiderstehlich.

Langsam hob ich den Kopf.

Damian war wach.

Seine türkisblauen Augen ruhten auf mir, dunkel und gleichzeitig weich.

Ein Lächeln spielte um seine Lippen.

„Morgen, Engel", murmelte er rau, seine Stimme noch tiefer als sonst, wie Samt auf meiner Haut.

Ich lächelte schüchtern zurück, spürte, wie Hitze meine Wangen färbte.

Er strich mit dem Daumen sanft über meinen unteren Rücken, zog kleine, kaum wahrnehmbare Kreise, die mich sofort wieder kribbeln ließen.

„Wie fühlst du dich?" fragte er leise.

Ich schluckte und nickte.

Mehr als okay.

Besser als je zuvor.

Er grinste, als könnte er meine Gedanken lesen, beugte sich vor und platzierte einen sanften Kuss auf meine Stirn.

Ein Kuss, der alles sagte, was Worte nie könnten.

Dann ließ er seine Hand spielerisch an meinem Oberschenkel entlanggleiten, neckend, herausfordernd, aber nicht so, dass es zu viel gewesen wäre.

„Wenn du mich noch einmal so anschaust, Engel", murmelte er rau gegen meine Haut, „bleibe ich hier, und wir kommen heute garantiert zu spät zur Arbeit."

Ich lachte leise, ein echtes, weiches Lachen, und versteckte mein Gesicht in seinem Hals.

Seine Arme schlossen sich fester um mich.

Und für diesen Moment existierte nichts außer uns.

———

Später, nachdem wir uns schweren Herzens voneinander gelöst hatten, zog Damian sich langsam an, während ich in seinem viel zu großen T-Shirt auf dem Bett saß und ihn beobachtete.

Er war so schön.

So sicher in jeder Bewegung.

So sehr… meiner.

Bevor er ging, trat er noch einmal zu mir, küsste mich lange, tief, und strich mit seinen Fingern eine Strähne aus meinem Gesicht.

„Ich melde mich später", versprach er leise.

Dann war er weg.

Und ich blieb zurück.

In seinem Duft.

In unserer Stille.

In einem neuen Leben, das plötzlich größer, weiter – und gleichzeitig zerbrechlicher war als je zuvor.

KAPITEL 29

Der Tag verging langsamer, als ich erwartet hatte.

Ich hatte mich abgelenkt – oder es zumindest versucht.

Mit Aufräumen.

Mit Musik.

Mit belanglosem Scrollen durch mein Handy.

Aber alles schien heute hohl.

Zu still.

Damian hatte gesagt, er würde sich melden.

Und ich glaubte ihm.

Wollte ihm glauben.

Doch als der Abend kam und mein Handy stumm blieb, krochen die ersten Zweifel in mir hoch.

Vielleicht war er beschäftigt.

Vielleicht war etwas dazwischengekommen.

Vielleicht war es nichts.

Oder vielleicht hatte ich mich verrannt.

Vielleicht hatte ich etwas gefühlt, das nur in meiner eigenen Brust größer geworden war, als es je wirklich existiert hatte.

Ich schüttelte den Kopf, versuchte den Gedanken zu vertreiben.

Ich wollte ihm Zeit geben. Wollte nicht diejenige sein, die klammert, die zu schnell zu viel will.

Aber trotzdem bohrte sich dieses leise Ziehen immer tiefer.

Was, wenn ich mir mehr erhofft hatte, als er je versprochen hatte?

Ich zog seine Jacke, die er vergessen hatte, enger um mich und setzte mich auf die Couch.

Mein Blick fiel auf mein Handy, das reglos auf dem Tisch lag.

Nur Dunkelheit.

Und das Fehlen seines Namens auf dem Display.

Ich biss mir auf die Unterlippe, starrte in die Dunkelheit meines Wohnzimmers.

Viel zu schnell war aus Wärme Unsicherheit geworden.

Aus Nähe das dumpfe Pochen der Sehnsucht.

Und obwohl ich wusste, dass ich vielleicht übertrieb, vielleicht vorschnell fühlte –

konnte ich es nicht ändern.

Damian war wie ein Sturm in mein Leben gebrochen.

Heftig.

Unaufhaltsam.

Und jetzt…

Jetzt war da nur diese Stille.

KAPITEL 30

Es war schon spät, als mein Handy vibrierte.

Ich hatte längst aufgegeben, hatte es zur Seite gelegt, mich auf die Couch sinken lassen – eingewickelt in seine Jacke, in meine Gedanken, in meine Sehnsucht.

Als der Bildschirm aufleuchtete, blieb mein Herz stehen.

Damian.

Mit zitternden Fingern griff ich nach dem Handy.

Seine Nachricht war kurz.

Unverstellt.

Damian:

Es tut mir leid.

Ich hab den ganzen Tag an dich gedacht.

Ich hab nur nicht gewusst, wie ich's richtig machen soll.

Weil ich nicht will, dass du denkst, du wärst irgendwas Belangloses.

Weil du das Gegenteil bist.

Ich starrte auf die Worte.

Und alles in mir begann zu beben – nicht vor Angst, sondern vor diesem warmen, wilden Flattern, das mich von innen heraus auffing.

Er hatte nicht vergessen.

Er hatte nicht gezögert, weil er keine Lust hatte.

Er hatte gezögert, weil ich ihm wichtig war.

Eine weitere Nachricht ploppte auf.

Damian:

Ich weiß, ich hab's nicht gezeigt. Aber ich will dich.
Richtig.
Nicht nur für eine Nacht.

Meine Finger zitterten noch immer, als ich antwortete. Kurz. Ehrlich.

Ich:

Ich will dich auch. Aber ich hab Angst.

Es verging keine halbe Minute, da kam seine Antwort:

Damian:

Dann lass es uns langsam machen.
In meinem Tempo. In deinem Tempo.
Willst du morgen nach der Arbeit zu mir kommen?
Nur wir zwei. Kein Druck. Kein Muss.

Mein Herz setzte einen Schlag aus.

Zum ersten Mal würde ich zu ihm gehen.

Seine Welt betreten.

Nicht nur Arbeit, nicht nur mein Zuhause.

Seins.

Langsam legte sich ein Lächeln auf meine Lippen.

Klein.

Echt.

Ich:

Ja.

Und vielleicht – vielleicht war genau das der Anfang
von etwas, das größer war als jede Angst.

Größer als jeder Zweifel.

Vielleicht war es unser Anfang.

KAPITEL 31

Der Arbeitstag verging in einem Nebel.

Ich funktionierte, lächelte an den richtigen Stellen, schrieb E-Mails, nahm an Meetings teil – aber innerlich war ich meilenweit entfernt.

Bei ihm.

Bei Damian.

Jede Stunde, die verstrich, ließ mein Herz ein bisschen schneller schlagen.

Und jetzt, auf dem Weg zu ihm, spürte ich jeden einzelnen Schlag.

Meine Finger trommelten nervös auf dem Lenkrad, während ich die Straße entlangfuhr, die Adresse auf meinem Handy gespeichert.

Es war nicht weit.

Vielleicht zwanzig Minuten von meiner Wohnung.

Aber es fühlte sich an, als würde ich in eine völlig neue Welt fahren.

Seine Welt.

Ich war aufgeregt.

Nervös.

Ein wenig ängstlich.

Was, wenn es komisch wurde?

Was, wenn ich etwas sah, das mich abschreckte?

Was, wenn er... sich anders verhielt, sobald wir in seinem Raum waren?

Ich zwang mich, tief durchzuatmen.

Er hatte mich eingeladen.

Bewusst.

Offen.

Kein Druck. Kein Muss.

Und ich wollte ihn sehen.

Wollte bei ihm sein.

Nicht nur in der Hitze unserer Körper – sondern auch in der stillen, verletzlichen Wahrheit, die danach kam.

Als ich in seine Straße einbog, schlug mein Herz so laut, dass ich glaubte, es müsse durch die Fensterscheiben hallen.

Ich parkte, stieg aus, schloss die Tür leise hinter mir.

Vor seinem Haus blieb ich stehen.

Es war nichts Besonderes.

Ein schlichtes, kleines Haus, mit einem gepflegten Vorgarten und einer schmalen Einfahrt.

Kein Luxus.

Keine Fassade.

Echt.

Wie er.

Bevor ich es mir anders überlegen konnte, klingelte ich.

Nur Sekunden später öffnete sich die Tür.

Und da war er.

Damian.

Er lehnte im Türrahmen, lässig, barfuß, eine Jogginghose und ein schwarzes Shirt, das seine Arme perfekt betonte.

Sein Haar leicht zerzaust, als hätte er sich eben noch durchs Haar gestrichen.

Aber es waren seine Augen, die mich festhielten.

Dieses dunkle, warme Leuchten, das sagte:

Ich hab auf dich gewartet.

Er lächelte schief.

„Hey, Engel."

Und in diesem Moment wusste ich:

Ich war genau da, wo ich sein sollte.

KAPITEL 32

Damian trat einen Schritt zurück und ließ mich eintreten.

Ich machte ein paar vorsichtige Schritte über die Türschwelle, als würde ich in eine andere Welt eintauchen.

Seine Welt.

Es roch nach ihm.

Frisch, warm, ein bisschen nach Holz und irgendetwas, das ich nicht greifen konnte – etwas, das einfach… Damian war.

Sein Zuhause war schlicht.

Aufgeräumt.

Nicht steril, aber auch nicht überladen.

Viel Holz.

Ein massiver Couchtisch.

Ein schlichter, grauer Stoffsofa.

Die Wände in einem warmen Sandton gestrichen.

Keine Bilderrahmen.

Keine überflüssige Deko.

Nur ein paar Kerzen, die leise vor sich hin flackerten und ein weiches Licht über den Raum warfen.

Es wirkte… gemütlich.

Ehrlich.

Wie er.

Im Hintergrund lief Musik – ich erkannte sofort den Song.

„Miss California" von Dante Thomas.

Ich lächelte unwillkürlich.

Ich mochte diesen Song.

Immer schon.

Meine Finger glitten beiläufig über die Rückenlehne der Couch.

Ich ließ meinen Blick langsam durch den Raum wandern.

Hier lebte er.

Hier schlief er.

Und hier dachte er nach – wenn niemand hinsah.

Und jetzt war ich hier.

Teil davon.

Damian schloss die Tür leise hinter mir, lehnte sich einen Moment an die Wand, beobachtete mich.

Nicht auf eine prüfende Art.

Mehr so, als wolle er sich einprägen, wie ich hier aussah.

Wie ich in sein Leben passte.

Ich drehte mich zu ihm um, mein Herz schlug schneller, aber ich hielt seinem Blick stand.

„Dein Zuhause… ist schön", sagte ich leise.

Meine Stimme klang sanfter, als ich erwartet hatte.

Damian lächelte leicht, dieses schiefe, unperfekte Lächeln, das mich immer sofort traf.

„Es ist wie ich", murmelte er, während er langsam auf mich zuging.

„Schlicht. Kein Schnickschnack. Aber ehrlich."

Ich nickte, schluckte schwer, während er näher kam.

Sein Zuhause war wie er.

Und vielleicht deshalb fühlte es sich so verdammt richtig an, jetzt hier zu sein.

Bei ihm.

KAPITEL 33

Damian ließ den Blick kurz durch den Raum schweifen, dann sah er wieder zu mir.

„Willst du was trinken?" fragte er ruhig, seine Stimme wie dunkler Samt in der warmen Luft zwischen uns.

Ich nickte.

„Was hast du da?"

Ein kleines Schmunzeln huschte über seine Lippen, als er sich in Bewegung setzte, in die offene Küche ging und den Kühlschrank öffnete.

„Cola, Wasser, Bier... und ein bisschen was Stärkeres", rief er lässig über die Schulter.

Langsam trat ich näher, strich mit den Fingern über die massive Holzplatte seiner Küchenzeile, als könnte ich ihn selbst darin spüren.

Alles an diesem Ort fühlte sich ehrlich an. Wärmer, als ich erwartet hatte.

Damian drehte sich um, eine Flasche Whiskey in der einen Hand, zwei schlichte Gläser in der anderen.

Sein Blick ruhte auf mir, als er sagte:

„Wenn wir jetzt was trinken…"

Er stockte kurz, als müsse er die richtigen Worte finden.

„…dann solltest du bleiben."

Ich zog überrascht die Augenbrauen hoch.

Er lächelte leicht, fuhr sich kurz durchs Haar, als wäre er selbst nicht ganz sicher, wie offen er gerade war.

„Ich will dich nicht fahren lassen, wenn wir trinken. Und… ich will ehrlich sein."

Er stellte die Gläser auf die Arbeitsplatte, trat näher, sah mich an – so direkt, dass mein Herz zu rasen begann.

„Ich will, dass du bleibst, Alina", sagte er leise.

„Nicht nur für einen Drink. Für die Nacht. Für mich."

Seine Worte waren keine Forderung.

Keine Falle.

Nur eine Einladung.

Eine, die ich mit jeder Faser meines Körpers annehmen wollte.

Ich schluckte, spürte, wie mein Puls bis in die Fingerspitzen raste.

Dann nickte ich.

Langsam.

Eindeutig.

Ein leises Lächeln breitete sich auf seinen Lippen aus.

Keine Erleichterung. Kein Triumph.

Nur diese stille, tiefe Freude, die mir direkt unter die Haut ging.

Damian schenkte uns jeweils einen Fingerbreit Whiskey ein, reichte mir mein Glas und hob seins leicht.

„Auf heute", murmelte er rau.

Ich hob mein Glas, meine Finger streiften seine beim Anstoßen.

Ein elektrisches Prickeln lief durch mich, heiß und schwer.

„Auf heute", flüsterte ich zurück.

Und tief in mir wusste ich:

Heute würde sich alles verändern.

KAPITEL 34

Wir saßen auf seinem Sofa, die Beine lässig über die Kissen gestreckt, die Gläser in der Hand.

Die Kerzen warfen ein weiches Licht über den Raum, und im Hintergrund lief immer noch Musik – leise, wie ein Herzschlag im Dunkeln.

Die Wärme des Whiskeys zog langsam durch meinen Körper.

Nicht unangenehm.

Eher wie eine Decke, die mich sanft einhüllte.

Damian hatte den Arm auf der Rückenlehne ausgestreckt, seine Finger berührten fast mein Haar.

Nicht absichtlich – oder vielleicht doch.

Aber es fühlte sich an, als würde ich genau da hingehören.

Wir redeten.

Über belanglose Dinge zuerst – Arbeit, Musik, den völlig verkorksten Kaffeeautomaten in der Firma.

Ich lachte leise über eine seiner Geschichten, nippte an meinem Glas, und als ich ihn ansah, wirkte er entspannter als je zuvor.

Offen.

Ehrlich.

Und genau deshalb wagte ich es.

„Damian?" fragte ich leise und drehte mich leicht zu ihm.

Er hob eine Augenbraue, sah mich ruhig an.

Bereit.

Nicht auf der Flucht.

„Warum… warum hast du gestern gezögert, dich zu melden?"

Er schwieg einen Moment, sah auf sein Glas, ließ es langsam kreisen.

Dann atmete er tief durch.

„Weil ich gelernt habe, dass belangloses Zeug einfach ist", sagte er rau.

„Es tut nicht weh. Es kostet nichts. Keine Erwartungen, keine Verpflichtungen."

Er hob den Kopf, sah mich an.

Seine Augen dunkel, ehrlich, verletzlich.

„Aber bei dir... hab ich von Anfang an gespürt, dass ich mehr will.

Kein lockeres Ding, das einfach wieder verschwindet."

Er lachte leise, fast bitter.

„Und genau das macht mir mehr Angst als alles andere."

Etwas in meiner Brust zog sich zusammen.

Nicht vor Schmerz.

Vor dieser rohen, unverstellten Wahrheit, die er mir gerade schenkte.

Ich stellte mein Glas ab, rückte näher, bis meine Knie seine berührten.

„Du musst keinen Plan haben", sagte ich leise.

„Nur ehrlich sein."

Er nickte, langsam, als würde er sich jedes meiner Worte einprägen.

Ein paar Herzschläge lang war nur die Musik zwischen uns.

Ein weiches, tröstendes Band.

Dann streckte Damian die Hand aus, strich eine Haarsträhne aus meinem Gesicht und ließ seine Finger sanft über meine Wange gleiten.

„Ich bin ehrlich, Alina", murmelte er rau.

„Vielleicht zu ehrlich für dich."

Ich schloss die Augen unter seiner Berührung, ließ mich in diesen Moment fallen.

„Ich will deine Ehrlichkeit", flüsterte ich zurück.

Als ich die Augen wieder öffnete, sah ich es:

Dieses kleine, seltene Lächeln, das nur mir gehörte.

Und ich wusste:

Damian hatte mich näher an sich herangelassen, als wahrscheinlich jemals jemanden zuvor.

Und ich hatte nicht vor, ihn jemals wieder loszulassen.

KAPITEL 35

Seine Finger lagen noch immer an meiner Wange, als wollte er mich festhalten, damit ich nicht verschwinde.

Ich schloss für einen Moment die Augen und genoss einfach diese stille Wärme zwischen uns.

Kein Druck.

Kein Spiel.

Nur dieses leise, ehrliche Berühren.

Als ich die Augen wieder öffnete, sah ich ihn an – und alles in mir wollte ihn.

Nicht nur seinen Körper.

Sein Herz. Seine Gedanken. Alles.

Langsam beugte ich mich vor, ließ ihm jede Gelegenheit, sich zurückzuziehen.

Aber Damian blieb.

Bewegte sich keinen Millimeter.

Er ließ mich kommen.

Gab mir die Kontrolle.

Für einen Moment.

Unsere Lippen berührten sich kaum.

Ein Hauch.

Ein sanftes Streifen.

Dann noch ein Kuss.

Ein bisschen länger.

Ein bisschen tiefer.

Sein Daumen strich über meine Wange, seine andere Hand legte sich in meinen Nacken, zog mich langsam näher.

Und dann küsste er mich richtig.

Zärtlich.

Langsam.

Aber mit einer Intensität, die mich atemlos machte.

Ich spürte, wie sein Atem schwerer wurde, wie sein Griff in meinem Nacken fester wurde.

Wie sich seine Brust gegen meine hob und senkte, im selben schnellen Rhythmus.

Meine Hände fanden seine Schultern, spürten die Wärme seiner Haut durch den dünnen Stoff seines Shirts.

Spürten die Kraft.

Die Ruhe.

Die Bereitschaft, mich ganz in sich aufzunehmen.

Sein Kuss vertiefte sich, wurde drängender, aber nie hastig.

Nie fordernd.

Er schmeckte mich, erforschte mich, als hätte er unendlich viel Zeit.

Als wollte er mich nicht besitzen, sondern verstehen.

Als wir uns schließlich lösten, blieben unsere Stirnen aneinander gelehnt, unsere Atemzüge vermischten sich in der kleinen Distanz zwischen uns.

Keiner von uns sprach.

Musste auch nicht.

Alles, was wir fühlen mussten, lag in diesem Moment.

Und tief in mir wusste ich:

Das hier war keine Frage mehr.

Keine Unsicherheit.

Das hier war ein Versprechen.

Still.

Echt.

Unumkehrbar.

KAPITEL 36

Alina lag dicht an mich geschmiegt, ihre Augen glänzten im flackernden Kerzenlicht, ihre Lippen leicht geöffnet, als würde sie nach Luft ringen – oder nach mir.

Ich spürte, wie sich mein Puls beschleunigte, wie das Verlangen in mir aufstieg, roh und unaufhaltsam. Ich hatte mich zurückgehalten. Hatte es versucht. Aber jetzt, mit ihr so nah, fiel es mir verdammt schwer, die Kontrolle zu bewahren.

Ich beugte mich zu ihr hinunter, meine Lippen fanden ihre – zuerst sanft, dann fordernder. Sie erwiderte meinen Kuss, ihre Hände glitten über meinen Rücken, zogen mich näher.

Meine Finger glitten unter den Saum ihres Shirts, erkundeten ihre warme Haut, bevor ich es langsam nach oben schob und jede Berührung in mich aufnahm. Ich küsste ihren Hals, ihre Schulter, spürte, wie sie unter meinen Berührungen bebte.

„Alina", murmelte ich rau gegen ihre Haut, „ich will dich."

Sie sah mich an, ihre Augen voller Verlangen und Vertrauen.

„Dann nimm mich", flüsterte sie.

Bei diesen Worten zerbrach meine letzte Zurückhaltung – rohes Verlangen und tiefe Sehnsucht fluteten durch meine Adern, und ich verlor mich in ihr.

KAPITEL 37

In dem Moment, als Alina mir „Nimm mich" ins Ohr flüsterte, verlor ich endgültig die Kontrolle.

Ein raues, heiseres Stöhnen entfuhr mir, und hungrig presste ich meine Lippen auf ihre.

Mit meinem Körper drängte ich sie fordernd tiefer in die Kissen und stieß in einem einzigen, heftigen Stoß so tief wie möglich in sie hinein.

Alina schrie lustvoll auf, krallte ihre Finger in meine Schultern.

Das Gefühl, wie ihre heiße, feuchte Enge mich umschloss, trieb mich endgültig in den Wahnsinn.

Mein Verstand verschwamm vor Lust.

Mein Verlangen nach ihr brannte heiß und unbändig in mir, als würde jede Beherrschung in Flammen aufgehen.

Ich bewegte mich in einem harten, fordernden Rhythmus in ihr.

Sie kam mir mit kreisenden Hüften entgegen, nahm mich ebenso gierig auf.

Ihr Kopf lag im Nacken, ein kehliges Stöhnen entwich ihren Lippen bei jedem meiner Stöße.

Dieses Geräusch – ihr lustvolles, immer lauter werdendes Stöhnen – trieb mein Verlangen ins Unermessliche.

Obwohl ich sie mit fast wilder Leidenschaft nahm, spürte ich gleichzeitig eine tiefe Zärtlichkeit in mir aufsteigen.

Eine Wärme, die unsere Lust durchdrang.

Für einen Augenblick öffnete ich die Augen und betrachtete ihr Gesicht unter mir:

Ihre leicht geöffneten Lippen, die glühenden Wangen, die halb geschlossenen Augen, in denen sich Vertrauen und Hingabe spiegelten.

Dieser Anblick traf mich ins Mark.

Sie sah so wunderschön aus in ihrer Lust, dass mein Herz sich vor Liebe zusammenzog.

Ich beugte mich vor und küsste sie erneut, diesmal sanfter, fast ehrfürchtig, auch wenn meine Hüften weiterhin ungebremst gegen ihre stießen.

Es fühlte sich an, als würden wir eins werden – nicht nur unsere Körper, sondern auch unsere Seelen.

Und jede Faser meines Wesens schrie danach, sie noch intensiver zu spüren, bis kein Abstand mehr zwischen uns existierte.

Unsere Körper glühten vor Hitze, verschwitzt und eng aneinander gepresst.

Meine Stöße wurden schneller, unkontrollierter, angetrieben von dem berauschenden Klang ihrer Lust.

Jeder Muskel in mir war zum Zerreißen gespannt, doch ich biss die Zähne zusammen, rang mit mir – ich wollte diesen Moment ausdehnen, bis sie kam.

Alinas Laute wurden höher, dringlicher; sie wimmerte meinen Namen, während ihr Körper unter mir zu beben begann und sich ihre Beine zitternd um meine Hüften schlossen.

Ich spürte, wie sie kurz davor war, sich völlig fallen zu lassen – und auch in mir schraubte sich die Ekstase unaufhaltsam nach oben.

Gemeinsam rasten wir auf den Höhepunkt zu, jeder Nerv brennend vor Verlangen.

Mit einem Mal zog sich ihr Innerstes heftig um mich zusammen, und Alina schrie meinen Namen, als die Ekstase sie überwältigte.

Dieser Ansturm ihrer Lust riss mich unwiderstehlich mit.

Ein tiefes, raues Stöhnen brach aus mir hervor, als mein eigener Höhepunkt durchbrach und sich mit dem ihren vereinte.

Unsere Körper spannten sich im Gleichklang an, bebten unter den Wellen des gemeinsamen Orgasmus.

Für einen endlosen Moment existierten wir nur in diesem Rausch, bis die Wellen langsam abebbten.

Bebend sank ich schließlich über ihr zusammen, schloss sie fest in meine Arme.

Unsere Körper lagen verschwitzt und erschöpft aneinander, während wir keuchend nach Luft rangen und unsere Herzen wild im Gleichklang schlugen.

Langsam ebbte das Beben ab, unsere Atemzüge wurden ruhiger.

Ich strich ihr eine feuchte Strähne aus dem Gesicht und drückte ihr einen liebevollen Kuss auf die Stirn, überwältigt von den Gefühlen, die in mir nachklangen.

Alina öffnete die Augen und sah mich an.

In ihrem weichen Blick spiegelte sich dieselbe tiefe Erfüllung und Zuneigung, die auch mich durchdrang.

Noch nie hatte ich mich einem Menschen so nah und innig verbunden gefühlt wie in diesem Moment.

KAPITEL 38

Es war nicht der Sex, der mich am meisten berührte.

Es war die Stille danach –

wie sie in meinen Armen lag,

wie unsere Herzen denselben langsamen, schweren Rhythmus fanden,

und wie alles in mir wusste:

Ich würde sie nie wieder loslassen können.

Alina schmiegte sich enger an mich, ihr Atem streifte meine Haut – ruhig, warm, echt.

Ich schloss die Augen, ließ meine Hand langsam über ihren Rücken gleiten. Ihre Haut fühlte sich noch immer heiß an, weich wie Seide unter meinen Fingerspitzen.

Ich spürte jede kleine Bewegung, jeden zittrigen Atemzug, als würde sie sich mit jedem davon tiefer in mich einschreiben.

So fühlt sich Ankommen an, murmelte ich leise, mehr zu mir selbst als zu ihr.

Sie hob den Kopf ein wenig, sah mich an – verschlafen, zerzaust, und trotzdem schöner als alles, was ich je gesehen hatte.

Ihre Stirn berührte fast meine, als sie flüsterte:

Bei dir.

Nur zwei Worte.

Und doch rissen sie alles in mir auf und heilten es gleichzeitig.

Ein unwillkürliches, weiches Lächeln breitete sich auf meinem Gesicht aus – ein Lächeln, das ich niemandem sonst gezeigt hätte.

Vorsichtig schob ich eine Strähne aus ihrem Gesicht, ließ meine Finger sanft über ihre Wange streichen.

Ihre Haut war noch leicht feucht von der Hitze zwischen uns, ihr Puls schlug spürbar unter meiner Berührung.

Ich hoffe, du weißt, dass du bei mir bleiben kannst, sagte ich rau, fast heiser vor Gefühl.

Ihre Augen glänzten – nicht vor Tränen, sondern vor dieser stillen, überwältigenden Erkenntnis, dass wir gerade etwas geschaffen hatten, das tiefer ging als Worte.

Etwas, das nicht mehr zerbrechlich war.

Draußen rauschte der Regen leise gegen die Fensterscheiben, und irgendwo in der Wohnung flackerte eine letzte Kerze.

Aber das alles war weit weg.

Alles, was zählte, lag jetzt hier in meinen Armen.

Atmete gegen meine Brust.

Hielt mich fest, als wäre ich der einzige Anker in einer Welt, die zu leicht aus den Fugen geraten konnte.

Und ich wusste:

Egal, was kommen würde –

diese Nähe, diese Frau, dieses unsichtbare Versprechen zwischen unseren Körpern –

das würde ich nie kampflos aufgeben.

Nie.

KAPITEL 39

Die Nacht war irgendwann in einen sanften Schlaf übergegangen.

Kein wildes, stürmisches Wegdriften – sondern ein ruhiges Versinken, wie zwei Körper, die endlich angekommen waren, ohne es laut sagen zu müssen.

Als ich am Morgen die Augen öffnete, war Damian schon wach.

Er lag auf der Seite, stützte den Kopf auf die Hand und sah mich an.

Kein Grinsen.

Kein süffisanter Blick.

Nur dieses ruhige, echte Lächeln, das alles in mir zum Schmelzen brachte.

Hey, murmelte ich verschlafen, meine Stimme kaum mehr als ein Hauch.

Hey, Engel, erwiderte er leise.

Seine Finger strichen sacht über meinen Arm, langsam, fast ehrfürchtig, als müsste er sich immer wieder vergewissern, dass ich wirklich da war.

Dass ich wirklich bei ihm war.

Ich streckte mich leicht, spürte die Wärme, die von seinem Körper ausging, und schmiegte mich dann wieder in ihn, suchte diese Nähe, die sich so tief richtig anfühlte.

Bleibst du noch? fragte er nach einer Weile, seine Stimme rau und noch schwer vom Schlaf.

Ich nickte nur, unfähig, die Schwere in meiner Brust in Worte zu fassen.

Ich wollte bleiben.

Mehr als das.

Ich wollte gar nicht mehr weg.

Er zog mich enger an sich, seine Arme stark und doch sanft, und küsste mein Haar.

Und in dieser stillen, schlichten Nähe lag mehr Versprechen, mehr Zukunft, mehr Liebe,

als Worte es je hätten ausdrücken können.

Mehr, als ich je für möglich gehalten hätte.

Epilog

Sechs Monate später.

Das kleine Haus roch nach frischem Kaffee und Regen, der draußen gegen die Fenster trommelte.

Unser Haus.

Ich saß auf der Couch, eingewickelt in eine viel zu große Decke, während Damian in der offenen Küche hantierte.

Barfuß, in Jeans, das Shirt locker über die Hüften gefallen – so vertraut, so sehr meiner, dass es mein Herz jedes Mal neu zum Stolpern brachte.

Er drehte sich zu mir um, ein schiefes Grinsen auf den Lippen.

Dein Kaffee, Engel, sagte er und reichte mir die dampfende Tasse.

Ich nahm sie entgegen, ließ meine Finger um das warme Porzellan gleiten.

Unsere Blicke trafen sich.

Kein großes Drama.

Kein schweres Schweigen.

Nur dieses stille, unausgesprochene Wissen:

Wir waren angekommen.

Ich hatte nie gedacht, dass ein kleines Haus, schlichte Möbel und ein paar flackernde Kerzen auf der Fensterbank sich so sehr nach Heimat anfühlen könnten.

Aber es war nicht das Haus.

Nicht die Möbel.

Nicht einmal die Kerzen.

Es war er.

Damian setzte sich neben mich, zog mich ohne ein Wort in seine Arme.

Ich lehnte mich an ihn, atmete tief ein – seinen Duft, unsere Nähe, unser neues Leben.

Und ich wusste:

Zuhause war kein Ort.

Es war Damian.

Sein Blick, der mich auffing.

Seine Hände, die mich hielten.

Sein Lächeln, das mir jeden Zweifel nahm.